U0573242

作家榜 经典名著

读 经 典 名 著 , 认 准 作 家 榜

THE PRIVATE PAPERS OF HENRY RYECROFT

四季随笔

[英]乔治·吉辛 著　光哲 译

四川人民出版社

THE PRIVATE PAPERS OF
HENRY RYECROFT

BY
GEORGE GISSING

Hic erat in votis

WESTMINSTER
ARCHIBALD CONSTABLE & CO Ltd
2 WHITEHALL GARDENS
1903

本书译自英国 Archibald Constable & Co. Ltd.
1903 年首版《四季随笔》

目 录

序言

亨利·莱克罗夫特，在所谓的读者那里，大概从来不是一个熟悉的名字。一年前，文学报上的一则讣告对他做了想来算是必要的描述，讲了他的出生日期、地点，他曾写过的书，他在期刊上的作品，以及他的死亡方式。在当时，这样已经很可以了。即便少数认识他且多少了解他的人，也定然觉得他的名字不需要更多的颂扬。如其他人一样，他活过、劳作过，最终步入休眠。然而，检校莱克罗夫特文字的职责落在了我身上。当我行使这一自由裁量权，并决定印刷这本小册子之后，我觉得需要为他的生平做一两句补充——仅不少个人细节，便可以指出自我揭示的意义。

我们最初认识的时候，他已经四十岁了，二十年来，他一直以卖文为生。他一直在奋争——当为贫穷及其他不利于脑力劳动的境况所困时。他尝试过许多文学题材，都没有取得明显的成功。不过，他时不时能挣到所需之外的一点余钱，由此能够到域外去看看。他天性独立，心高气傲；因为雄心受挫，因

为种种幻灭，因为屈服于严酷的贫困，故而吃了许多苦头。结果——就在我所说的那个时候——他虽然没有出现精神的崩溃，但他的思想与心性受到了严峻考验，以至于在寻常交往中，你只以为他过着心满意足的平静生活。只有在经过多年交往之后，我才能够对这个人的经历或真实的生活形成一个公正的认识。渐渐地，莱克罗夫特强制自己进入一种适度勤奋的例程中。他做过大量纯粹的苦工；他翻译，写文章、评论，间或有一卷署名为他的书出现。我敢肯定，他也有痛苦的时候。他经常生病，可能是因为精神与身体都过于劳苦吧；不过，大体而言，他与他人一样，理所当然地每日劳作，且少有埋怨。

斗转星移，世事如流水逝去，而莱克罗夫特依旧劳累，依旧贫穷。低落时，他谈起自己日渐颓唐的精力，显然颇为未来担忧。想到要依赖别人，他对此难以忍受；也许我唯一从他嘴里听到的自夸就是他从未欠过债。苦涩地想来，在与疏远冷漠的环境奋争了这么久之后，他也许会作为一个失败者，结束自己的一生。

有一个更幸福的命运在等着他。在他五十岁，正当健康状态开始下滑，精力有所衰退的时候，莱克罗夫特极其幸运地从劳作中解放了出来，进入了一片宁静的心境中，这简直是他之前想都不敢想的。这位疲惫不堪的文人惊奇地发现，他的一个熟人，比他想象的还要更够朋友。这位朋友去世后，给他遗留了三百英镑的终身年金。莱克罗夫特只需要养活自己即可（鳏居多年，唯一的女儿已经结婚了），他在这笔收入中看到了谋生之外的东西。几周后，他离开了近年一直居住的伦敦郊区，搬到了他在英格兰最爱的一片地区，在埃克塞特附近的一座小别墅安顿下来。在那里，他由一个乡下管家照顾，很快便安逸自在了。时不时有一些朋友来德文郡看望他。半野生花园中那座朴素的小屋、舒适的书房——从那儿能看到埃克塞河谷到霍尔顿的美景；主人亲切、愉快的款待；和主人一起在小巷与草地上漫步，在寂静的乡村夜晚里长谈——这些是那些享受到其中趣味的朋友所不能忘怀的。我们希望这一切能持续很多年，他似乎确实只需要休息，只需要安静，便可以成为一个健康的人。然而，他已经患上了心脏病，尽管他自己不知道。因这病，在享受了五年的平静满足之后，他的生命就终止了。骤亡一直是他的心愿；想到生病，他便害怕，主要因为这会给他人带来麻烦。一个夏天的晚上，在炎炎天气里一次长长的散步之后，他躺在书房的沙发上，在那里——正如他安详的面容所宣称的——从沉睡进入了大寂灭中。

离开伦敦时，莱克罗夫特告别了作家身份。他跟我说希望永远不会再为出版多写一行字。然而，他死后，我翻检他的文件，在其中发现了三本手稿，乍一看似乎是日记；其中一本开头的日期表明，这是作者在德文郡定居后不久开始写的。稍稍读了几页后，我发现它们并不仅仅是对日常生活的记录，明显能看到他不能全然忘记运笔。这位老手听任心绪的摆布，写下一个想法、一段回忆、一点遐思，描摹一段心境，诸如此类的，然后为这些段落标明写作的月份。坐在经常陪伴他的房间里，我一页一页地翻着，仿佛他的声音再一次在我耳边响起。我看到他疲惫的脸，或微笑或严肃；回忆起他熟悉的姿态或仪容。这些闲言碎语，反而比从前我们的聊天更能深切地揭示他自己。莱克罗夫特从来没有因为多舌而犯错，对于一个历经磨难且敏感的人而言，这也是自然的。他倾向于温和的默许，不喜争论，不喜自作主张。在这里，他毫无保留地对我讲着，所以我在全部读完后，便比从前要更了解他了。

可以肯定的是，这些文字并非为大众而写。然而，在不少段落中，我似乎看到了文学的目的——某种超出舞文弄墨，以及因长久的遣词造句习惯而习得的东西。尤其是他的某些回忆，莱克罗夫特若不是有意而为（无论这种想法有多模糊），是不大可能费神写下来的。我怀疑，在闲暇之余，他萌生了再写一本书的愿望，一本只为了让自己满意的书。坦白说，这可能是他能写出的最好作品了。可他似乎从未尝试过整理这些文字碎片，可能因为他无法决定它们的呈现方式。我能想象到他在第一人称上的退缩，他会觉得这太矫情了；他让自己等待，等待自己变得更成熟、更聪慧的那一天到来。就那样，直到笔从他的手中跌落。

在这样的猜想中，我想知道这些凌乱的日记是否会比最初看起来更有趣。对于我来说，它的个人魅力是很强的。难道不能从

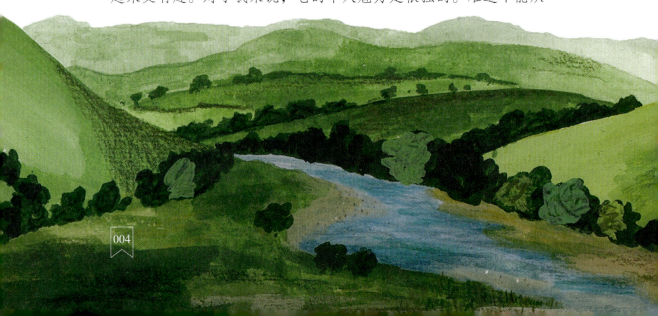

中挖掘出一小卷内容吗？这对那些不单单用眼睛，更是用心去阅读的人来说——至少就其真诚而言——不无价值。我再次翻开书页。他是这样一个人：他实现了自己的心愿，一个非常羞怯的心愿；他不仅仅心满意足，且享受了狂喜。他讲许多不同的事情，完完全全地讲了自己是怎么想的；他讲自己，讲了常人所能讲的真相。在我看来，这作品里是有着人的况趣的。我决定把它出版。

编排的问题必须考虑，我不想提供的只是粗劣的杂集。若是给每段不相干的文字加上标题，甚或分门别类地归到不同主题下面，就会影响文本的自发性，而这恰好是我想保留的。通读我所选的这些内容，给我印象极深的，是频频提及的自然，是许多思绪与所标月份的那种合宜。我知道，莱克罗夫特一直深受天色与四时推移的影响。于是，我便想到将这本小书分作四章，以季节命名。像所有的分类一样，它是不完美的，但亦是够用的。

George Gissing

---

* 此处为本书作者乔治·吉辛的印刷签名。本书序言为作者自序。

有一周多没动过笔了。整整七天，什么都没写。一个字亦未曾写过。除却一两次生病，这样的事情在从前不曾发生过。在我的一生中——这一生，是所谓的不得不靠焦躁劳作支撑的一生；不是为了生活而生活的一生（就像所有生活本应该成为的样子），而是受忧患鞭打的一生。挣钱本应只是达成目标的手段。从十六岁自立开始，有三十多年了，我却不得不将挣钱当作目标。

　　可以想象我这老笔杆对我的那种斥责之心。它可有待我不周吗？为何我在幸福的时刻却任由它躺着受冷落、积满尘灰？这一支笔杆倚在我的食指上，日复一日，有多少年了呢？至少二十年了吧，我还记得是在去往托特纳姆宫路上的一家商店买的它。那天，在这同一家店里我还买了一方镇纸，花了整整一先令——奢侈得令我颤抖。新上了清漆的笔杆曾闪闪发光，现在，它彻头彻尾是一段朴素的褐色木头了。它让我的食指生了一个老茧。

　　是旧伴侣，亦是宿敌！有多少次我提起这笔，嫌恶这不得已；头脑与内心俱是沉甸甸的，两手发抖，眼冒金星！我多么害怕那一页白纸被乌墨染黑！尤其是那样的日子里——春日的蓝目在玫瑰色的云间大笑，阳光在我桌前闪耀，让我渴望一切，渴望到疯狂：渴望花圃的芬芳，渴望山腰劲松的绿意，渴望山丘上云雀的啼鸣。曾有一段时光——似乎比童年更遥远——我热切地提起笔，因为带着期盼，我的手在发抖。可这是一个愚弄了我的期盼，因为我的写作没有一页值得流传。现在，我终于可以不带一丝苦意地这样说了。那只是一场少年误，却不料又被世事继续延误下去。世界待我未有不公；感谢上苍终使我聪慧，不至于为此而怨责！何况任何写作者，哪怕写出了不朽之作的，又为何就应该怨怒世间的冷落呢？是谁让他出版了？是谁许诺他一次倾听？是谁失信于他呢？

如果我的鞋匠给了我一双绝好的鞋子，我却因为莫名的情绪而弃之如敝屣，抛回他手中，那鞋匠是有理由抱怨的。可你的诗、你的小说，有谁同你约定购买了？如果委实不过是一个小活儿，却缺乏买家，你至多可以说自己是一个倒霉的商人。如果是上乘之作，你又何须因无人重金求购而怨怒呢？对人的思想之作有且只有一种检验方式，那就是未来世代的判断。如果你写出一部好书，后世自会识得。可你不在乎身后的荣耀，你要高躺交椅，纵享名望。啊，那倒是另外一回事了！勇敢地坦承你的欲望，承认自己不过是一个商人。向神和世人抗议，抗议你所奉上的要远比那些高价而沽的商品更好。你也许是对的，你的确是被严苛以待了，因为时势并没有光顾你。

2

　　这房间里那极致的宁静！我一直闲闲地坐着，望望天，看看金色阳光照耀着地毯，随时间流逝而不断变幻，让我的双眼在一幅又一幅画间流转，在一排排心爱的书间游走。室内一片悄然。可以听到花园里鸟的啼鸣，听到它们的振翼声。如此，只要我愿意，可以整日这般坐着，一直坐进沉沉静夜。

　　我的房子圆满无缺。我很幸运，找到一个女管家，她的心智不逊于我。她声音低沉，脚步轻盈，正当谨慎的年龄；她身强力壮，身手矫健，能提供所有我想要的服务，还不畏孤寂。她每日都早早起来。到了早餐时分，什么都已经安排停当了，我只管盛装待宴就行了。屋子里几乎不大听得到陶罐的叮当哐啷声，亦不闻关门闭户声。哦，幸福的宁静！

　　绝没有任何人来拜访我，而我去拜访别人更是一件做梦也想不到的事情。我欠友人一封信，或许我应该在睡前写，或许留到明晨再写。除非内心所迫，友人间的书信永远没有写的必要。我尚未看报。一般来说，我都留到散步回来倦了的时候看。看这喧嚣的尘世正行

着什么勾当，人们又发现了什么自我折磨的新法子，又有什么徒劳无功的新花样、什么钩心斗角的新场合。我可不愿把这颗清晨之心最初的新鲜交付给如此悲哀与愚蠢的事物。

我的房子完美无缺。房间足够大，足以展现室内的雍容；只那室内多余的空间，要是缺了，怕也就不自在了。墙体结实，木料与灰泥的做工表明那是一个比我们当下更从容、更实诚的年代。我脚下的楼梯不会吱吱作响，我不会被凶残的穿堂风所伏击，开窗关窗也不费吹灰之力。至于诸如墙纸颜色与图案这样的细枝末节，我承认我并不在意。只要墙面不唐突，我也就没什么不满的。在家中，第一要紧的还是舒适；要是还有财力、耐心和眼光，就再加上种种细节之美吧。

于我，这小小的书房那么美，只因它是家。大半生中，我漂泊不定，无以为家。曾住过的那许多地方，有的让我心生厌恶，有的让我心生愉悦，但直至今日我才有了家带来的安心之感。我时时刻刻都可能被厄运、被纠缠不休的不得已驱赶。很久以来，我都暗暗给自己讲：终有一天，也许我会有一个家。然而，这所谓的"也许"却在生命日夜的流逝中越来越重，而在命运暗笑我的那时刻，我已全然弃了这份盼望。我终是有自己的家了。放新书到书架上的时候，我说："你给我站着，别动，等我有空来看你。"于是我喜悦到发抖。在这二十年的租期里，这房子便是我的。我当然活不了那么久了；即便我能活那么久，我也支付得起房租与买面包的钱。

我同情那些不幸的凡人，对他们来说，太阳永远不会升起。我想在祷词中增添一份新的请求："保佑所有那些大城镇的居民，尤其是那些居住在宿舍、板房、公寓的人，或其他任何（因需或愚蠢而造成的）栖居者——他们的家正被肮脏的地方所替代。"

我徒劳地思索着斯多葛派的美德。我知道，为了人在这小小地球上的居所而烦恼是愚蠢的。

　　天眼所观之处，

　　　对智者而言，皆为港口与幸福的避难所。[1]

可我一直崇敬遥不可及的智慧。在哲学家铿 锵 有声的词句
kēng qiāng
里，在诗人悦耳的音韵中，我发现它在这一切之中的美。我永远无法得到它。假装自己有一项力所不及的美德，对我又有什么好处呢？于我，我的居住地点与居住方式是最重要的，坦承了这个，也就没什么了。我不是世界公民，只要想想我会死在英国以外的地方，就感到害怕。在英国，这是我选择的居所，这是我的家。

---

1 出自莎士比亚的戏剧《理查二世》。"天眼"指太阳。

3

我并非植物学家，但很久以来我都能在收集草木中发现颇多乐趣。我喜欢偶遇一株草木——自己未知的那种，在书本的帮助下得以辨认；下一次当它在路边闪耀，我便呼唤着它的名字以致意。如果这草木是罕见的，这次发现就更令我欢喜。自然，这伟大的艺术家，让一朵平平的花平平地现身一片风景中；即便是我们所谓的最庸常的野草，也有人类言辞所不能企及的神奇与美好，不过，它却是在路人的凝视下塑造的。在隐秘之地，在这位大艺术家的微妙之心中，稀有的花朵越众而出，寻找这样的花朵即是享受被允许进入一片圣境的感觉。即便在我的欢喜中，亦有敬畏在。

今天走得有点远。散步到最后，我发现了开着小白花的车叶草，它生于一片幼嫩的桦木林间。我久久地凝视着这些花朵，它们周边那些纤细的桦木，其优雅、其光洁平滑、其橄榄般的色泽，都让我欢喜。旁边直挺挺地站着一丛山榆，它那疙疙瘩瘩的树皮，如同刻意强调了的某种听不懂的语言，更显出这小桦木的美了。

我游荡了多久并不重要。没有工作要带我折返，亦没有人会烦

　　　　　　zhí zhú
恼或者不安，即便我踯躅在外这般晚了。春光照耀着这一片片的阡
　　　　　　　　　　　　　　　　　　　　wān yán
陌与小径，我觉得必须沿着每一条蜿蜒的小路，开启我的路途。春
光使我恢复了一些久违的青春活力，我毫无倦意地走着，自哼自唱，
犹如少年，那首歌是我童年时代就已学会的。

这让我忆及一件事。在一个村庄附近，林边一个寂寞的地方，我曾遇到一个男孩，约莫十岁，他靠在树干上埋头痛哭。我问他怎么了，经过一番周折——他比单纯的乡巴佬儿强些——我才晓得他是丢了钱，恰好是原本要拿去还债的六便士。这可怜的小家伙当时的心境，在一个严肃的人看来，可谓绝望之痛。他一定哭了很久，脸上的每块肌肉都在颤抖，四肢在震颤，仿佛正经受着折磨；他的眼睛、他的嗓音流露出来的是只有极恶之徒才应承担的痛苦。而这只因他丢了六便士！

我本可以与他一起流泪——为所有这些类似情景感到愤怒与怜悯而流下泪水。在一个不可思议的灿烂日子里，当尘世与天堂向着人类的灵魂洒下祝福，一个孩子——其天性本应让他获得唯有童年才会有的那种幸福——却因为亲手丢掉六便士而哭得撕心裂肺！这损失非同小可，他知道的。比起害怕见到父母，他更害怕被这种痛苦——当想到自己对他们造成了伤害——压倒。遗落路边的六便士，凄楚可怜的一大家子！在这样的"文明"境况里，出现这样的事情，要怎样形容才好呢？

我把手伸进口袋，创造了一个六便士的奇迹。

花了半个小时我才平复了心绪。毕竟，怒斥他人的愚蠢，与希望他不那么愚蠢同样无聊至极。于我，了不起的是我的六便士奇迹。唉，我知道终有一天我也会做不到的，或者不得不少吃一顿饭。因此，让我再次庆幸并心怀感激吧。

如果从前有段时间的我突然被置于现在安享的这个处境，必定良心难安。什么？有一笔足以养活三四个工薪阶级家庭的收入、一栋完全属于自己的房子——所到之处花团锦簇，而且完全不必为得到这一切做任何事！我应该很难为自己辩护。那时候，我时时刻刻都发自内心地想起，默默无闻的芸芸众生是怎样挣扎以活的。没有人比我更清楚如何活下去。我曾在街头挨过饿；我曾在一贫如洗的窝棚里蜷缩；我知道对于"特权阶级"的那种嫉妒与愤怒在心头燃烧的感觉。是的，除了那段时间，我自己便是"特权阶级"中的一员，现在我可以接受自己站在他们之中而不用处于自责的阴影之下了。

这并不意味着我那大大的同情心被钝化了。去某些地方走走，看看某些场景，我便差不多可以毁掉生活带给我的那份平静了。如果我坚持并有意拒绝用那样的方式去看待，那是因为我相信多了一个如文明人般活着的公民，这个世界只会更好而不是更坏。让那些因灵魂的激励而质问不义的人去叫吧、喊吧；让有使命感的人前进吧、战斗吧。可我这样做就违背了我的天性。我知道——如果我还知道点什么的话——我是为安宁与冥想的生活而生的。我知道只有这样，我所拥有的长处才有发挥的余地。半个多世纪的生存经历告诉我，让大地黑暗的大多数蠢行与错误都是由那些灵魂不得安宁的人造成的，让人类免于毁灭的大多数美好都来自深思熟虑后的宁静生活。世界的喧嚣日甚一日，而我，就自己而言，将不再投身于那日渐加重的喧杂中，仅仅是我的沉默，便是我给众生的恩惠。

　　如果仅仅通过养老金就能让两成的人像我一样生活，那么一个国家的财政收入将有多么高的利用率啊！

"先生，"约翰逊[1]说，"所有用来说明贫穷并没有什么坏处的争辩，恰好证明了贫穷是个灾祸。你从来没有发现人们在努力说服你，家财万贯会让你很开心。"

　　这位常识方面的剽悍大师知道自己在说什么。贫穷当然是一个相对而言的东西，这个词尤其和一个人的智力标准相关。如果我相信报纸上的说法，那么英国一些有头衔的男男女女，他们每周有二十五先令收入保证的话，就没权利说自己是穷人，因为他们的智力需求也不过是马夫或者洗衣女工的水平。给我同样的收入，我可以生活，但我确实是穷人。

　　你告诉我钱买不到最珍贵的东西。你的老生常谈证明你从来不知道缺钱是怎么样的。每年自己能挣到的永远要比需求的少那么几英镑，当我想到由此而带来的那些悲哀与贫穷，就震惊于金钱的意

---

1 约翰逊（1709—1784），英国诗人、散文家。代表作有长诗《伦敦》《阿比西尼亚王子》等。曾编注过《莎士比亚戏剧集》。

义。因为贫穷，我失去了多么好的欢乐，还有每颗心灵都有权要求的简单幸福！与所爱的人会面，年复一年，越发渺茫；因为这些无能为力的事情而产生悲伤、误解——啊不，是残酷的疏远，但凡有一点钱能助我，又怎会如此？只因为身份阶位的限制而失去朋友；本有可能交往的友人却永如路人；那种苦涩的孤独，那种每当思慕伴侣之时不得已的孤独，永远诅咒着我的生活，只因为我的贫穷。我想如果说没有任何一种道德上的善可以不需要用硬币来支付，这倒也毫不夸张。

约翰逊又说："贫穷，是如此罪大恶极，它怀着如此之多的诱惑，如此之多的痛苦凄恻，乃至我不能不恳请你要避开它。"

就我自己而言，用不着让别人告诫我避开贫穷。伦敦的许多阁楼都晓得我曾如何与这不受欢迎的室友做斗争。我很惊奇她[1]最终没有同我厮守到底。事实上，这是自然界一种不合理的现象，有时候我半夜醒来，会为此隐隐觉得不安。

---

1 原文为"she"。

我还能看到多少个春天？乐观的人也许会说有十个、有十二个，就让我大着胆子谦卑地希求有五六个吧。已然是很多了。五六个春天，从第一棵白屈菜的长成到玫瑰骨朵的萌发，喜悦的迎接、满怀爱意的凝视贯穿整个过程，谁胆敢说这恩惠是吝啬的？五六次大地奇迹的重临和妙不可言的辉煌美丽之景，皆历历如在眼前。想到这里，怕是我要求得太多了。

"人是爱抱怨的动物，总挂念着自己的苦恼。"[1] 我不知道这句话的出处，曾经在沙朗[2]那里见过这一句，但他没讲出处。这句话常常出现在我脑中——这是一个沉闷的真理，讲得极好。至少在许多漫长的岁月里，它对我而言是一条真理。我想，若非有奢侈的自我安慰，人生实在难以为继，在无数情形下，自杀正是因此而得以避免的。对一些人而言，谈谈自己的痛苦便可以得到极大的解脱，但这样的闲言碎语缺乏在默默沉思中所获得的那种对痛苦的深切慰藉。幸而，溯及以往，我从未有过那样的怪癖。其实就当下的痛苦而论，它也从来不是一种根深蒂固的习惯，以致成为主要的邪恶。当我屈从于它时，我知晓自己的弱点；当它给我带来安慰时，我鄙视自己；我可以付之一哂，甚至"逆境之时亦泰然处之"[3]。而现在，多亏主宰我们的未知力量，我的过往已然将死去的东西埋葬。不仅如此，我还

1 原文为拉丁语。
2 沙朗（1541—1603），法国天主教神学家。
3 原文为拉丁语。

能清醒愉快地接受我所必然经历的一切贫穷。注定要如此，那便如此好了。因为这是自然塑造的我——出于怎样的目的，我大概是永不会知道了。然而，在这永恒的事物之列中，这便是我的位置。

如果像我曾担心的那样，我生命的晚年会在贫穷无助中度过，那么我还能获取这样的智慧吗？我是否应该深深沉入自怨自艾中，卑躬屈膝，双眼倔强地避开头顶的阳光？

8

在这快乐的德文郡，春天早早到来，让我心生欢喜。想到英国的一些地方，报春花尚在充满威胁而非慰藉的天空下瑟缩着，我便感到不寒而栗。如果是切切实实的冬天，白雪皑皑，霜染髭须，我倒可以坦然以对；然而，一再被延宕了的日历承诺，三月和四月泫然欲泣的阴郁，肆意凌虐五月荣光的狂风——这些常常夺走我的心，夺走我的希望。在这里，我还没有证实最后一片叶子已经落下，还没有看到常青树上白霜的微光，吹起的西风已经开始让我隐隐激动，期待着未来的蓓蕾与花朵。即便在这灰蒙蒙的、表明二月依然执掌人间的天空之下：

柔风摇动旧草木，
而流浪的牧民已知晓
那山楂花即将盛开。[1]

1 出自雪莱的诗剧《解放了的普罗米修斯》。

我一直在想早年在伦敦的那些日子，四季从我身边悄然而过，我很少多看天空一眼，终日被囚禁在无尽的街巷里而未曾深感艰辛。六七年时间里，我从来没有注视过草地，从来没有远行过，哪怕是到绿树成荫的郊区，现在想起来，真是感到奇怪。我在为宝贵的生活而战，大多数日子里，我无法确保自己七天内的温饱与居所。当然，在八月的炎炎正午，我的思绪也会游移到海边，但这样的心愿实在不切实际，因此我倒不用为此而烦恼。事实上，有时候我似乎全然忘了人们是可以外出度假的。在我居住城镇的穷苦地段，我感觉不到四季的变化。空空荡荡的出租马车不会让我想到愉悦的旅程，周围的人日复一日地做着苦工，我亦是如此。我记得那些昏沉的下午，书本也带着一种疲倦，昏昏欲睡的大脑挤不出一丝想法；于是，我就会寻一个公园，焕发一下精神，但也没有感到任何的愉悦。

　　天哪，那些日子里，我是多么劳累！我从来没有想到自己是多么可怜！直到后来，因为过度劳累、空气不好、饮食不佳、心力交瘁而使健康大受影响，这才唤醒我对乡村、海滨以及其他远方事物的疯狂渴求。可在我最辛苦劳作并经历了现在看来最匮乏的年月时，我也并不能完全说自己是在受苦。我没有受苦，因为我没有虚弱的感觉。我的健康抵抗着一切，我的精力也无视一切境遇的恶意。无论是多么些微的一点鼓励，于我都是无限的希冀。我常常酣睡在现在想都不敢想的地方，它让我在每个清晨都能精神焕发地起身战斗。有时候，我的早餐不过一片面包、一杯清水。按照世人对幸福的定义，我很难说那时候是幸福的。

大多数人年轻时都经历过一段艰苦岁月，都是靠着同伴支撑下来的。伦敦没有拉丁区，但饥肠辘辘的文学新人一般都有他们合适的战友；托特纳姆宫路上的或者尚未得救的、来自切尔西的那些阁楼作家，他们过着自己波希米亚式的小日子，并以此为荣。奇怪的是，就我的立足之处而言，我从不属于任何圈子。对泛泛之交，我敬而远之。在那些艰难的岁月里，能交心相谈的也不过一人而已。我本能地不愿去劳烦别人，不愿以别人的恩惠来让自己取得进步，每走一步都定要靠自己的力量。正如我不理会别人的恩惠，我也不屑于听取别人的建议，除了发自我心与我脑的建议，别的我一概不听。我不止一次被逼无奈地向陌生人乞求挣钱之道，这是我所有经历中最令我痛苦的。然而，我应该会觉得欠某个朋友或同志的债更糟糕。事实上，我从没有学会把自己当作"社会的一员"。对我而言，我永远都有两个实体——自我以及世界，而这两者之间的关系通常是敌对的。难道我不是依然孤零零一个人，远离社会，拒绝成为其中的一部分吗？

我曾对此轻蔑地引以为傲，如今看来，如果它不是灾难的话，我也不会那样选择。即便人生能够重来一次。

六年多以来，我一直在路面上行走，从没踏足过泥地——公园也不过是用青草伪装的路面而已。接着，最糟糕的事情结束了。我说这是最糟糕的？不、不，还有更糟糕的呢。一个人年轻气盛之时，与饥饿做斗争也自有其愉快的一面。可无论如何，我已经开始谋生了，我可以保证半年的衣食无忧；如果健康允许，我希望很多年都能领到不菲的薪水。这些薪水都是我在乐意的时间和地点独立工作的报酬。我战战兢兢地想到在办公室里唯老板是尊的那些日子。文学事业的荣光乃是它的自由、它的尊严！

　　当然了，事实是我所服务的并非某一个雇主，而是一大群。独立哦，确实！如果我的写作不能取悦编辑、出版商、大众，那么我每天的面包在哪里？我越成功，我的雇主就越多。我是芸芸众生的奴隶。靠着上天的恩典，我成功地取悦了——也即是说，让自己给他们提供利益——代表模糊人群的某些人。在当时，他们对我是有恩的，但是我凭什么相信我能牢牢抓住自己所获取的呢？难道还有什么劳苦大众的地位比我的地位更岌岌可危吗？现在想起这一点，我还是会发抖，就像看到有人不小心走到深渊之畔一样。有好几年时间，一支笔、一片废纸竟能让我与我的家人衣食无忧，让我身心舒适，让那些世间人——他们与一个除却右手之外毫无资源的人为敌——都受到限制，这可真是不可思议。

可我想到那一年我第一次离开伦敦，在一种无法抗拒的冲动下，我临时起意前往德文郡——一个在英国而我从未去过的地方。三月末，我从阴郁的住处逃了出来，还没来得及思谋下一步的行动，就发现自己置身于距离现在居所不远的一个地方。那里阳光灿烂，眼前是辽阔的埃克塞河、绿意盎然的河谷，是被青松覆盖的哈尔登山脉。那是我一生中感到狂喜的时刻之一。我心里只觉奇怪，虽然从小到大我一直都熟悉乡村，曾见识过英国诸多美景，但那个时刻，我仿佛是第·次面对一片天然风光。在伦敦的那些年遮蔽了我早年的所有生活；我就像一个在城镇里出生并成长的人，除却街头风景，其余茫然不知。光与空气对我来说仿佛是超自然一般的东西，对我的影响仅次于后来感受到的意大利空气。那是春光明媚的好天气，些许白云游荡在蓝天上，大地散发着醉人的芬芳。这时，我才第一次知道自己原来是太阳的崇拜者。我活了那么久，竟然都不曾问过天上到底有没有太阳。在光芒万丈的天空之下，我本该屈膝跪拜的。我走着，避开每一道影子；即便是白桦树干的影子，我也觉得它好像夺去了这白日的欢乐。我不戴帽子，让金色的阳光向我洒下它慷慨大方的祝福。那天，我一定走了有三十多英里，然而我毫无倦意。真想再次拥有那种支撑我的力量！

我已步入一种新的生活。在旧我与新我之间有着一个显著的区别。一天之内，我惊人地成熟起来。是的，毫无疑问，一直在暗中发展着的力量与感受，是以前的我所不知的，而被现在的我意识到了。仅举一例：在此之前，我对花花草草毫不在意，但现在我发现自己对路边的每一朵花和每一株植物都怀着热切的兴趣。散步的时候，我总是采集大把的草木，向自己保证第二日一定要买书，好把它们全部辨认出来。这倒不是一时的玩笑；自那之后，我再没有丧失对田野里那些花朵的兴趣，也没有失去那种要认全它们的欲望。现在看来，当时我所谓的那种无知是挺难为情的，但也不过是乡下与城市居民的常情。有多少人能说出春日时分从树篱上随意摘下的一组植物的名字呢？对我而言，这些花朵象征一种巨大的释放，一种神奇的觉醒。我顿时彻底睁开了双眼；在那之前，我一直行走在黑暗里而不自知。

我清楚地记得那场春日的漫游。我在埃克塞特的一条外街住了下来，那里更多的是乡村而非城市的气息。每一个清晨，我都动身寻找新的发现。天气是再好不过的了，我感受到一种陌生气候带来的影响。空中弥漫着一种舒缓的气息，让我兴奋不已。时而在内陆，时而又朝着海边，我沿着埃克塞河蜿蜒前行。一天，我漫步进入一个富饶而温暖的河谷，路过繁花盛开的果园，流连在一个又一个农舍之间，只觉得越来越美——一个又一个村庄，掩映在深深的常青树丛间。接着，我站在被青松覆盖的高处，凝望着被去年的石楠染成棕色的荒原，感受着英吉利海峡吹来的泛着白沫的风。身旁这美丽的世界让我狂喜，乃至忘我；没有过去，没有未来，只有尽享当下。我，一个彻底的自我主义者，忘却了审视自我的情绪，也忘却了跟他人攀比幸福来困扰自己。那是一段有益健康的时光，它赋予我新的生命，并教导我——孺子可教的我——如何运用好它。

于身于心，我一定比我的年龄大得多。一个五十三岁的人，就不应该一直沉浸在自己逝去的青春里。这些本应让我浸淫其中、好好享受的春日，却让我陷入回忆，回忆那些已然逝去的春天。

总有一天，我将前往伦敦，重访我最清贫的时候住过的所有地方。我已有差不多二十五年没有见过它们了。不久之前，如果有人问我对这些记忆的感受，我应该会说，有一些街名、有一些暗淡的伦敦意象，只要出现在我面前就会让我感到难受；然而，事实上，我已经很久没有因为回顾那些艰辛与污秽的事情而感到痛苦了。现在，将拥有过的所有苦痛与原本可能发生的那些相比，我发现，回顾那段生活也颇为有趣和愉快——它比后来生活体面、衣食无忧的许多时候都要更好。总有一天，我会前往伦敦，在那些熟悉的老地方度过一两天。我知道，有些地方已经消失了。我看到从托特纳姆宫路末端的牛津街到莱斯特广场那条蜿蜒曲折的路，在这座迷宫的某处（记忆里它总是雾蒙蒙的，煤气灯通明），有一家小店，馅饼与布丁放在橱窗里，蒸汽从金属排孔里升起来，让它们热气腾腾。

有多少次我站在那里，饥肠辘辘，连一便士的食物都买不起！这家店、这条街早已消失不见，还有人像我这样深情地记得吗？可我想，我的大部分故地依旧存在：再次踏上那些人行道，看看那些脏兮兮的门洞和黑灯瞎火的窗户，我会感到心潮起伏。

我看到隐藏在托特纳姆宫路西侧的那条小巷，我就住在那里；起初是在顶楼后面的一间卧室，后来不得不换到前面的一间地下室。没记错的话，两间房每周有六便士的差价，而六便士，在那个年代，可得思量一番——为什么呀，因为那可是几顿饭钱（我曾在街头捡到六便士，当时的那种狂喜即便此刻依然历历在目）。前面的地下室是石头地板，一张桌、一把椅子、一个洗脸台与一张床，便是全部的家具了；窗户自然是从装上以后就没打扫过的，有光会从上面巷子的格栅透下来。我就在这里生活，在这里写作。是的，"文学作品"正是在那张肮脏的松木桌上完成的，顺便说一下，在那张桌子上摆着我的荷马、莎士比亚以及当时拥有的其他一些书。夜里，我躺在床上，常常会听到一队警察从巷子里跑过去换岗时的脚步声。有时候，那沉沉的脚步声听上去就在我窗子上面的格栅上。

我想起在大英博物馆遇到的一件令人哭笑不得的事情。有一次，我去厕所洗手，看到一排盆子上面新贴了一张告示，内容是这样的："读者请注意，这些盆子仅做临时洗浴之用。"哦，这话讲的！我自己不也曾不止一次用了很多的肥皂和水，难道用量要比当局预估的多吗？在这片大穹顶下工作的还有一些更穷的人，他们在这方面要比我有更大的需求。我着实觉得这告示可笑，然而，这背后隐含的东西太多了。

有些住所我已全然忘却了。为着这样那样的原因，我总在搬家——我全部的家当也就一个小箱子，倒也不为难。有时候，让人忍不了的是房子里的人。在那些日子里，我不挑剔，但也不大与同一屋檐下的人有什么来往。可时不时，因为一些人走得太近，近到超出我的忍耐，我也只好逃开。有时，因为传染病我不得不逃离。在其中有些地方，我是如何躲过那些致命的疾病的，这真是个难解之谜——我总是一如既往地吃得差，一如既往地过度劳累。降临到我身上的最糟的是一次轻微的白喉——我想，那可以追溯到楼下的一个垃圾桶。我把这事告诉了我的女房东，她先是大吃一惊，然后大发雷霆。于是我背负着各种羞辱，离开也就很快提上日程了。

不过，统共说来，我除了穷倒也没什么可以抱怨的。在伦敦，你不能指望每周花个四便士、六便士就能舒舒服服的。在相当严酷的学徒时代，花这点钱最多只能让我获得"有人伺候、带有家具的一个房间"。而我很容易满足，我只想要小小一方被墙围起来的空间，让我可以自主安排，不受外界影响。没有某些文明生活的舒适条件，我甚至也不以为憾：比如楼梯上的毯子，我以为是有些铺张了；而卧室的地毯，就更是做梦都不敢想的奢侈品。我的睡眠很安稳，而曾让我度过香甜无梦之夜的床，我现在看一眼就骨头疼。一扇锁好的门、一炉冬日里的火、一管烟草——这些都是不可或缺的东西；有了这些，即便是在最肮脏的阁楼里，我亦可心满意足。我记忆里总是有这样一处住所：就在伊斯灵顿，距离伦敦大道不远；窗户外边，我可以望得见摄政运河。每当我想到这里，就会忆起也许是我

见过的伦敦最浓的一场大雾。至少连续三天，我的灯不得不一直燃着。从窗户望出去，我时常只能看到运河那边的街道上一些迷迷蒙蒙的光亮，而大半部分都只有一片发黄的黑暗。因了这片黑，玻璃如镜，浮映着灯火和我的脸。我心中凄恻吗？一点也不，这一团阴郁倒似乎让我在壁炉边更加舒适。煤、油、烟草我样样都有，也足够多；我有书可以读，有趣味盎然的工作去做。所以我只有在去伦敦大道的一家咖啡馆取饭时才会冲出去，然后就匆匆返回炉边。哦，有雄心，有希望！如果那时候我知晓有谁在怜悯我，不知道会有多惊讶、多愤慨呢！

大自然时不时就报复我一下。冬日里，我的喉咙痛得厉害，有时还伴以漫长而严重的头痛。当然，我从没有想过要去看医生。我只是锁好门，如果实在感到难受，就躺下来睡觉——就那么躺着，不吃不喝，直到能再次照顾自己。我从来没有从房东太太那里要过任何契约之外的东西，也只有一两次我受到她自发的帮助。哦，想到年轻时所能忍受的一切，真好！想到三十年前的情景，我现在觉得自己看起来是多么可怜卑微！

那种阁楼与地下室的生活，难道我愿意再过一次吗？即便能保证我今后五十年拥有现在所享有的满足！当一个人无比可悲地屈从于听天由命的力量，他就会看到事物好的一面，而忘记最糟的一面，让自己顺理成章地做一个绝对的乐观主义者。然而，啊，那些荒废了的精力、热情以及青春！在另一种心境下，对这注定在肮脏中挣扎的珍稀生命力，我是要流泪的。太可惜了！还有——如果我们的良心有任何意义的话——那苦涩的错误！

无须寻找乌托邦，就想想一个人的青春会是怎样的！十七岁到二十七岁那十年间，人有可能获得那种自然的喜悦、令人愉快的成就。我想，将这种可能性发挥出一半的人，估计不到千分之一吧。几乎所有人回顾最初的人生，看到的都是被贫困、意外和放纵所扭曲而失色的生活。如果一个年轻人避开了大陷阱，如果他紧紧盯着所谓的关键机会，如果他没有昭然若揭的自私，谨小慎微地克制着所有自己的利益（仅指物质利益），那么，他便算得上是没有辜负自己的青春，他就是一个榜样，是一个值得骄傲的人了。我怀疑在我们的文明中，是否还有年轻人容易追求的其他理想。这是唯一一条安然无虞（yú）的途径。然而，请将它与其他可能的情况比较比较吧，如果还能尊重人之为人，如果人的理性还在为人的幸福而服务。少数人回望过去，有一个充满天然乐趣的童年，随后十多年尽心竭力，可能还夹杂着快乐的记忆，乃至往后余生都因此而和谐。这样的人如诗人一般稀有。大部分人是根本无所谓自己的青春的，或者，回顾人生时，意识不到曾经失却的机会，也意识不到曾经的堕落。唯有与这庸常的大众做比较，我才能为自己充满忍耐、充满战斗力的青春而骄傲。我面前有一个目标，但不是普通人的目标。即使被饥饿攫（jué）取，我也没有放弃我内心的目标。但是，拿栖居陋巷、忍饥挨饿的青年与设想中那聪明热情的青年对比，人们就会觉得一剂迅猛的毒药是治疗这种肮脏弊病的良药。

每当我打量自己的书架，总会想起兰姆[1]那句"衣衫褴褛的老兵"。倒不是说我所有的书都来自二手书摊。到我手里的这些书，许多都整洁得很，封面还是新的，有一些甚至装订堂皇、气味芬芳。然而，我频频奔走，每换一个地方，我这小小的书库都会遭受一次粗暴的对待，而且说实话，平日里，我对它们也并不怎么上心（在所有的现实事宜上，我一贯懒散无为），甚至在我那些最好的书中，也能看到使用不当的痕迹。不止一本书因为打包时敲进的长钉子而严重受损，而这不过是它们所经历磨难的极端例子。如今，我平和闲暇起来了，也就越发谨慎仔细了——这倒验证了一个实在的真理：在好环境里自然有好美德。可我要承认，只要一本书没有散架，它的外观品相如何，我都无所谓。

我知道一些人说他们在图书馆读书自由自在得跟在自家书柜前一样。这在我看来是难以理解的。首先，凭着气味我就能认得出

1 兰姆（1775—1834），笔名伊利亚，英国散文家。代表作有《伊利亚随笔集》。

我的每一本书。我只要把鼻子放在书页间，就能想起种种事情。比如我的吉本[1]，那装订精良的米尔曼版八卷本，我读了又读，有三十来年了吧——每次打开，那尊贵的书页流露的芬芳，就会唤起我最初获得这份奖赏时的所有狂喜。或是我的莎士比亚，伟大的剑桥版本——它所拥有的气味可以把我带回遥远的过去。这一套书原本是我父亲的，在我尚不能读懂它们的时候，作为一种优待，我可以将其中一部从书架上取下来，毕恭毕敬地翻看。这些书卷闻起来依然是往日的味道，每当我手捧一卷，心中涌起了一种怎样奇异的温柔啊！正因如此，我并不常读这个版本的莎士比亚。一如既往，我的视力还是很好。我取下了环球版的，当时买这本书的时候可以说是相当奢侈了。因此，我对这本书的感情，源于为此做出的牺牲。

---

1 吉本（1737—1794），英国历史学家。代表作有《罗马帝国衰亡史》。

牺牲——并不是空口白牙讲讲而已。有几十本书的购置款原本应该用在所谓的生活必需品上。很多次我站在书摊或书店的橱窗前，为智识的欲望和身体需求之间的冲突而纠结。恰逢晚饭，肚子咕咕叫的时候，我却因为看到一本书而挪不动脚步，这书我觊觎已久且如此便宜，不能放过啊。然而，要买书便意味着要饿肚子。我那本海恩[1]的《提布鲁斯》便是在这样的时刻拿到手的。它当时摆在古治街的一个旧书摊上，在这个书摊上，你不时能在垃圾中捡到宝。只花了六便士——六便士啊！那时候我经常在牛津街的一家咖啡馆吃中饭（当然也是我的主餐）。那着实是一家有年头的咖啡馆，我想，现在大概很难找到这样的了。六便士即是我当时全部拥有的——真的，是我在这世间所拥有的全部。它可以买一盘肉和蔬菜。可我不敢奢望《提布鲁斯》可以等我到明天，等到有一小笔钱落到我头上。我徘徊在人行道上，摸着口袋里的铜板，盯着书摊，天人交战。最终，我买了书，带着它回了家。吃着面包与黄油做成的晚餐，我欣喜若狂地读了起来。

在这本《提布鲁斯》的最后一页，我发现一行铅笔字迹："读毕，1792 年，10 月 4 日。"一百年前，这本书的主人是谁呢？没有其他题词了。我乐意想象他是某个潦倒的学者，清贫而热血，如我一般；亦如我这般，他忍痛割肉买下这本书，然后欣喜地读着。这样的想象有多少真实性，很难讲。温柔的提布鲁斯！关于他，一位诗人给

---

1 海恩（1729—1812），德国作家，考古学家。

我们留下了肖像，我想，这可能是此类罗马文学之中最令人愉悦的。

> 或在茂林中悄然潜行，
>
> 对适于聪慧良善者的事予以深思？[1]

拥挤的书架上有许多其他书籍也同样如此。取下一本，便能回忆起一次争斗、一次胜利，它们历历在目。在那些日子里，钱对我来说代表不了什么，除了要获得书，我也不关心其他。有些书是我迫切需要的，它们比补给身体的营养品更为必要。我当然可以在大英博物馆读到它们，但这与拥有它们，把它们变成自己的财产，放在自己的书架上，完全是两码事。偶尔我也会买到一卷极破、极脏的书，被乱涂乱画，被胡乱撕损或沾上了污渍——没关系，我宁愿读那样一本书，也不愿读不属于自己的书。不过，我偶尔也为自己一味地放纵而内疚。一本书——一本并非我真正渴慕的书，一个我但凡节俭点就可以舍弃的奢侈品，诱惑了我。比如说，我的那本荣－斯蒂林[2]。在霍利威尔大街，我一下就看到它了，我在《诗与真》中知道了这个名字。我越翻越感兴趣，但那天我忍住了。其实是我付不起十八便士，也就是说，我那时候实在是穷。后来我又路过两次，每次都安慰自己，这本书还没有别的买主。终于有一天，我口袋里有了钱。

---

1 原文为拉丁语。
2 荣－斯蒂林（1740—1817），德国作家，歌德友人。

我想我是匆匆赶往霍利威尔大街的（那时候我习惯的步速是每小时五英里），眼看着那个头发灰白的小老头；这个跟我交易的人——他叫什么名字？我觉得，这个书商以前应该是个天主教牧师，且依旧保有着一种教士的威严。他拿起书，打开来，沉思了一会儿，然后看了我一眼，若有所思地说："唉，真希望曾有时间好好读读它。"

　　我为了书，除了忍饥挨饿，有时候还要受搬运的劳苦。在波特兰路车站附近的一家小书店，我遇到一部吉本的初版书，很荒唐的价格——我记得是一先令吧。为了买到这种页面干净的四开本书，卖掉上衣我也在所不惜。碰巧当时身上钱不够，钱都在家里。那时，我住在伊斯灵顿。跟书商讲好之后，我就走回去取了钱，再走回来，然后我带着大部头的书从尤斯顿路西端走到伊斯灵顿的一条街，那里比天使饭店还远。这样来回走了两趟，这是我一生中唯一一次想到吉本就想到重量。两次——算上取钱，就三次——爬上本顿维尔路，爬下尤斯顿路。当时是什么季节，是怎样的天气，我已记不得了。

抱着买来的书，我满心喜悦，确实再无别的心思——除了重量。那时我的精力是无限的，身体却也是单薄的,那一趟路程最终是走完了。我瘫坐在椅子上,满头大汗,身体酸软无力,而心却是狂喜的!

有钱人听了这故事会惊讶。我何不让书商将书寄送上门呢?或者,如果我等不及,伦敦大道两边就没有公交车吗?我怎么能让有钱人明白,那天我不能在书费之外多花哪怕一分钱了?不,不,这种节省体力的支出不在我的消费范围内,我享受一分,就要真的用额头的汗水来挣得这一分。那些日子里,我几乎不知道乘坐公交出行是怎样的感受。我曾在伦敦街头一走就是十二或十五个小时,却完全没有想过花点路费来节省体力与时间。作为穷得不能再穷的人,我必然有一些要舍弃的东西,而这就是其中之一。

几年之后,我把吉本的初版书卖了,价格甚至比我购入时还低。我总是搬家,不方便带着走,它就与其他一些对开本、四开本的好书一起被卖掉了,买走它们的人称之为"墓石"。吉本何以在市场上就没有价值了呢?我常常为这些四开本的书而心痛。印刷得那么精美的《罗马帝国衰亡史》,读起来多么痛快啊!这样的书页正配得上这样正大庄严的主题,只是看看,都赏心悦目。我想我现在可以很轻易地获得一本新版书,然而,对我来说,这样的一部书与那时带着尘埃、带着汗水的另一部书,不会再一样了。

一定有一些精神与经历都跟我颇为相似的同道中人，依然记得波特兰路车站对面的那家小书店。它有个特色：里面的书都是很厚实的那种——多是神学与经典类，且那些老版本多半被认为不值钱，没有收藏价值，也因为实用性不强，被新的出版物取代了。店主颇有风度，基于这一事实，加上书标价奇低，有时候让我不由得以为他开这家店纯粹是出于对文学的热爱。在我眼里不可估量的东西，在那里只需要几便士就可以得到。我在他那里买的书没有超过一先令的。正如我曾凑巧观察到的那样，一个刚出校门的年轻人只会疑惑且蔑视地看着我从这亲切的书摊或者从里面更丰富的书架上淘出来东西，然而这些旧物却让我心生欢喜。比如，我的《西塞罗书信集》：宽宽短短的羊皮纸，带着格雷维乌斯[1]、格罗诺维乌斯[2]以及不知道多少其他学者的批注。无可救药地过了时？我呸！我可从

---

1 格雷维乌斯（1632—1703），德国古典学者与批评家。
2 格罗诺维乌斯（1686—1762），荷兰植物学家。

来不这么觉得。我深爱着格雷维乌斯、格罗诺维乌斯，以及其他那些大师。如果我知道的跟他们一样多，即便在这些年轻人的蔑视下，我依然可以心满意足。求知的热情永不会过时，榜样们——如果再也没有——也像圣火一样在我们面前燃烧，永不熄灭。在老学者的注释中闪耀着的热情与爱，我又能在哪位现代编辑那里看到呢？

即使是我们现在这个时代最好的版本，也大多像教材。你常常能感到编者只把作家的作品当成课本，而不是文学。为掉书袋而掉书袋，实在是今不如古。

今日的报纸有许多关于春季赛马的报道。看到这个，我心生厌恶。我不禁想起一两年前在萨里的一个车站看到的一张海报，它公告了附近的几场赛马。上面的内容——我当时在笔记本上抄了下来——是这样的：

为确保入场人员的舒适与秩序，管理方所雇人员如下：

14名警探（赛场），

15名警探（伦敦警察局），

7名警察督检，

9名警官，

76名警员，以及一支从陆军预备队与退伍老兵中特别挑选出来的编外队伍。

以上人员编队只为维护秩序、打击不法分子等，他们将获得萨里警署强大的警力协助。

我记得有一次在朋友间聊到赛马这个话题，我说了一些话，就被认为是"不合群"。连发起人都觉得体面人参与公众聚会会有危险，我加以反对，就是不合群？人人都知道玩赛马取乐赢钱的都是些憨瓜、流氓、小偷之流。一些聪明人也主动参与赛马，还辩护说自己的到场"保住了体育赛事高贵的本色"，这只不过证明了聪明人也可以很轻易就变得糊涂、不体面罢了。

15

　　昨日远行散步途中，我在路边的一家旅馆吃午饭。桌上放着一本流行杂志。随便翻了翻，我发现了一篇文章，是一个女人写的，谈"猎狮"的。在这篇文章中，有一段很值得抄下来：

　　在我唤醒丈夫的时候，狮子——当时离我们也就大约四十码的距离——就直接扑了上来，我的303式步枪子弹正中它前胸。后来我们发现，它的气管碎了，脊柱也断了。狮子企图再次扑上来，而下一枪打穿了它的肩膀，将它的心脏撕成了碎片。

　　我倒是挺想看看这样一位舞枪弄笔双妙绝的女英雄。她大概是个相当年轻的女人，或许在家时，她还是客厅里一个优雅的妙人。我想我应是喜欢听她讲话，与她谈心的。她会让你想到古罗马那些在斗兽场里有自己席位的妇女。那些女士在私人生活中定然饱读诗书、明丽可亲，让人感到如沐春风。她们谈诗论艺，会为拉丁诗人卡图卢斯[1]所写的莱斯比亚麻雀流下一滴泪；同时，她们又是撕裂气管、打断脊柱、震碎内脏的行家里手。她们中的大多数应该是不愿意亲自上手屠戮的，就此而言，我敢说这本流行杂志上的猎狮人是相当特立独行的；但她无疑可以与罗马的贵妇很合得来，因为她发现她们彼此仅有一些表面的差异。她这血淋淋的回忆受到了关注大众趣味的编辑欢迎。这无论是对编辑还是对大众来说，或许都更有深意。如果这位女士写一本小说（很有可能她会），就将表现出当代力量。当然，她的风格会由她钟爱的读物塑造，她思考与感受的方式也多半来自同样的源泉。我敢说，这正是典型的英国女人——即便现在不是，很快也将如此了。当然了，"她可没什么胡话"。这样的女人应该养育出一个了不起的后代。

从旅馆里出来，我颇有点心绪不宁。我选了一条新路往家里走，没多久，发现自己来到一个小山谷边上，山谷里有一片农场和一座果园。苹果树的花正烂漫地开着。我站在那里，只是凝望着。整整一日都吝惜着自己光芒的太阳，这时候骤然煌煌地照耀着。那时刻所见的，我无法以言语讲出。鲜花怒放的山谷，其静美唯有梦中可得。一只蜜蜂在身边嗡嘤着；不远处，布谷声声；下面农家的牧场里，传来羊羔的咩咩声。

---

1 卡图卢斯（约前84—约前54），古罗马抒情诗人。代表作有《歌集》。

我不是民众的友人。民众作为一种力量，决定了时代的基调，他们让我难以相信，感到恐惧；作为可见的大众，他们让我退缩，并且常常让我感到憎恶。

在我的大半生中，民众对我而言就是伦敦的群氓，在这方面，我找不到什么温和的词语来表达我对他们的看法。我对乡下人知之甚少，以前对他们的匆匆一瞥没法让我对他们有更近的认识。我的每种本性都是反民主的，我不敢想象如果民众不可阻挡地掌控了英国，会是怎样的情形。

对也罢，错也罢，这就是我的脾性。可如果有人因此认为我对所有比自己社会地位低的人都不包容，那就大错特错了。在我心中，最根深蒂固的莫过于个人与阶级之间的巨大差异。把一个人单独拎出来，通常能在他身上找到一些理性与向善的趋势；把他投入社会有机体的同类中去，十有八九他会变成无耻之徒——没有自己的思想，听风是风，听雨是雨，什么坏事都做得来。正因为国家容易犯傻、容易作践，人类的进步才如此缓慢；正因为个人能够做得更好，人类才终究能够前进。

年轻时，我看看这个人，看看那个人，惊异于人类进步如此之慢。现在，我看着人群中的人们，惊异于他们有如此大的进步。

曾经，愚昧自大如我，常常拿一个人的智力与成就来判断他的价值。没有逻辑的地方我看不出善，没有学识的地方我看不到美。现在的我以为，必须区分两种智力，一种是属脑的，一种是属心的，而我以为后一种远为重要。

我尽量不让自己说智力是无关紧要的，傻子既乏味又令人讨厌。不过可以肯定的是，我所知道的最好的人能够免于愚蠢，靠的是心，而非智力。他们来到我面前，我看到他们一无所知，带着深深的偏见，荒谬无理；然而，他们的脸上闪耀着无上的美德：善良、温柔、谦虚、慷慨。他们拥有这些品性且知道如何运用它们，他们拥有心的智慧。

在我家里，为我干活的这个可怜女人正是这样一个人。从一开始，我就觉得她是个不同寻常的好仆人。经过三年的相处，我发现她是我所认识的少数称得上优秀的女人之一。她能读能写——这就够了。我敢说，更多的指导只会害了她，因为那会扰乱她的自然之心，也提供不了任何精神指引的光辉。她在履行着与生俱来的职责，心满意足、开开心心地尽职尽责，这让她跻身文明人之列。她的喜悦在于秩序、在于平和——还能有更好的赞美可给予人类之子吗？

有一天，她告诉了我一个往日的故事。她的母亲在十二岁的时候，就出去做工了；但是，你想，那是在怎样的条件下呢？女孩的父亲，一个老实巴交的劳工，每周付一先令给她所去的那人家，让她就自己想学的接受指导。如果是现在某个劳动者被要求这样做，不知道会被怎样瞠目哂笑！我的女管家与这类普通人实在没什么相像的。对此，我不再感到惊奇了。

雨绵绵不断，几乎是下了一整天。然而对我来说，这却是愉快的一天。吃过早饭，我在看德文郡的地图（好地图可真让我喜欢），勾画着一条计划中的探险之路。这时，听到有人敲门，是 M 夫人，她带着一个大大的牛皮纸包裹。我一眼看出来，里面一定是书。订单是几天前寄到伦敦的，我没想到书这么快就到了。怀着激动的心情，我把包裹放在一张干净的桌子上；一边燎^{liáo}着火，一边目不转睛地盯着包裹；然后拿起小刀，严肃、小心翼翼地开始拆包裹——尽管手还在抖。

　　翻阅书商的书目，此一处彼一处地标识可能会买的书，是我的一大乐趣。以前，我少有闲钱买书，就尽量把书目藏到看不见的地方；如今，我一页一页细品，可以自由选择时，慎重反而成了美德，自有一种愉快。可更大的幸福是开拆未曾见过就买来的书卷。我不追求珍本，也不在乎是否初版或豪华版，我所买的是文学作品，是人类的精神食粮。将最里层的保护纸褪去，第一眼看到的是封面！伴随着第一缕书香！还有闪着光的镀金书名！我听说了大半辈子却

一直无缘得见的书，就在眼前。我虔诚地把它捧在手里，轻轻打开。
我扫视着目录，期盼那等待着我的奇遇，因为激动而泪眼蒙眬。有
谁像我一样，一直铭记着《遵主圣范》中的句子——"遍寻宁静而
无处可得，除却手执书卷独处角落？"[1]

———————

1 原文为拉丁语。

我有做学者的素质。带着一颗闲暇与宁静的心，我本应博览群书。在学院的高墙大院里，我本应快快乐乐地生活着、与世无争，畅想着旧世界。米什莱[1]在其《法国史》的前言里说："以史为生，我行过这世间。"[2]正如我现在看清了的，这也是我那时的真正理想；在我所有的奋斗与苦痛里，我总是生活在过去而非现在。我在伦敦忍饥挨饿之时，靠着笔杆子糊口的可能性微乎其微之时，有多少日子，我都流连于大英博物馆，没心没肺地读着书，仿佛一切都没什么大不了！惊人的是，我还记得早餐吃过干面包，口袋里再另装一块面包作为当天的晚餐；然后，在大阅览室的书桌前坐下，面对那些绝不可能带来直接收益的无用之书，闲闲读来。就在这样的日子里，我翻完了德国论古代哲学的巨著。我读了阿普列尤斯[3]与琉善[4]、佩特罗尼乌斯[5]与《希腊文集》、第欧根尼·拉尔修[6]以及——天知道还有哪些人！我忘记了饥肠辘辘，也从不担心那个我必须返回过夜的阁楼。大体而言，在我看来这是件相当值得骄傲的事。对那个苍白瘦削的青年，我要报以赞许的微笑。那是我吗？我自己吗？不，不！他已经死了。死了有三十年了。

　　我以前没有机会做高级意义上的学问，而现在已是太迟。然

---

1 米什莱（1798—1874），法国历史学家、文学家，被誉为"法国史学之父"。

2 原文为法语。

3 阿普列尤斯（约123—约180），古罗马讽刺作家。代表作有《金驴记》。

4 琉善（约125—约192），古希腊思想家。

5 佩特罗尼乌斯（27—66），古罗马作家。

6 第欧根尼·拉尔修（约200—约250），古希腊哲学史家。代表作有《名哲言行录》。

而，我在这里喜悦地读着帕萨尼亚斯[1]，发誓要读遍他的每一行文字。凡是品尝过旧文字的，有谁不想读读帕萨尼亚斯，而是仅仅摘引他的只言片语呢？有达恩的《日耳曼王》诸卷，谁不想了解他所知道的日耳曼的罗马征服者呢？诸如此类，不胜枚举。最终，我都会读过——然后忘记。啊，最糟糕的便是这样！如果我能随时随地对我拥有的知识运用自如，那么我便可以称自己为博学者。没有什么比长久的忧虑、焦躁、恐惧更有害于记忆了。我读过的东西能记得的没有几段，然而我还是坚持不懈、开开心心地读着。我难道在为来世积攒学问？其实，我已经无所谓自己的遗忘。我已拥有当下的幸福，这对一个凡人来说，夫复何求？

---

1 帕萨尼亚斯（约 110—约 180），古希腊旅行家、地理学家。

这是我吗？——亨利·莱克罗夫特，经过一夜酣眠，不慌不忙地起身，如同老者一样慢条斯理地穿戴好；下楼时心中想着又可以坐下来看书，安安静静地阅读一整天，便高兴得不得了。这是我吗，亨利·莱克罗夫特？漫长年月中那个疲惫不堪的劳作者？

　　我不敢去想那些被我抛在身后，仍然留在墨迹斑斑的世界里的人。这会让我难过。难过又有什么用呢？然而，既然往那边张望了，我就不得不念叨念叨他们。哦，你们这些负重累累的人，此刻正枯坐于桌前舞着该死的笔杆子；你们写作，不是因为心里、脑子里有东西要表达，只是因为没有别的挣钱方法，只有手头这杆笔还能挣点面包而已！年复一年，你们的人数越发多了，你们簇拥在出版商与编辑的门庭前，推推搡搡，骂骂咧咧。哎，真是可笑、可惜复可叹！

　　如今，无数男男女女都是在为面包而写作。在这样的工作里，他们所寻到的都只是权宜之计。他们写作，是因为不知道自己还能做什么，或是因为受了文学的独立性与炫目奖金的诱惑。他们紧紧抓着这个可怜的职业，靠借贷、靠乞讨补贴收入，直至最终一事无成，为时已晚——然后呢？以我这一生可怕的经验而言，可以说凡是鼓励年轻人——无论男女——以"文学"为生的，无异于犯罪。

如果我的呼吁尚有一点权威，我要高声呼喊出这个真相，让所有人听到。虽然一切形式的倾轧皆可恨，但在我眼里，文学竞技场上这种粗蛮倾轧的肮脏与下贱，远甚其他。哦，瞧瞧千字多少钱！哦，你们的短评、采访！哦，还有，那些竞争中的落魄者将要面临的漆黑绝望。

去年仲夏时分，我收到一个打字员的信函，对方请求我的光顾。某个不知道从哪儿找到我名字的人，以为我仍在炼狱中呢！这个人写道："如果你做圣诞工作压力大，需要额外帮助，那么我希望……"云云。

如果是写给一个店主的话，又会怎么写呢？"你做圣诞工作压力大！"不，我恶心得笑不出来。

我看到有人高声赞美征兵。我们隔很久才能在评论或者报纸上看到这类东西，而我乐于相信大多数英国人跟我一样受到了影响，对此怀有一种病态的恐惧与厌恶。谁敢说，这样的事情不会发生在英国？每个能思考的人都看出来了，我们对人类蛮力的守卫是多么薄弱，这种蛮力在特权种族那里已经得到了缓慢而艰难的控制。民主对于文明所有的美好希望都充满了威胁，而与这种民主相伴而生的、基于军国主义的君主权力复兴又让前景变得飘忽不定。但凡有一个大屠杀者出现，各国便会扼喉相杀。要是英国受胁，那么英国人自然会起身战斗，在这样的绝境下，你别无选择。若没有近在咫尺的危险，却屈于全民皆兵的诅咒，那我们这些岛民得遭受多么可怕的灾变！我愿意相信，为了守护人性的自由，他们甚至会越过审慎的界限。

一个有学问的德国人曾给我讲过他的服役生涯。他告诉我，如果兵役再延长一两个月，他必定自杀以求解脱。我很清楚，我自己是没有足够勇气支撑十二个月的。屈辱、怨恨、厌倦会把我逼疯。

在学校读书时，我每周在操场"被操练"一次。四十年过去了，每当想起这件事，我依然会为那种痛苦至极的感觉而战栗。毫无意义的机械练习本身就令我难以忍受，我讨厌站队，讨厌一声令下就伸手伸脚，讨厌整齐划一地"咚咚咚"跺着脚。失去个性对我而言似乎是纯粹的耻辱。经常发生的事情是，我站在队列中，教练责备我没精神，他称呼我为"7号"——对此，我心中燃起一种羞愧与愤怒，我不再是一个人，而已经成为机器的一部分。我的名字是"7号"。我身旁有一人是带着玩乐的心、生龙活虎地进行操练的，对此我常常感到惊奇。我会盯着这个小伙子，然后问自己，我与他的感受怎么会如此不同？

可以肯定的是，几乎我所有的同学要么乐在其中，要么淡漠地做完了事；他们同教练做朋友，有些人还以"越级"跟教练同行而得意。向左看！向右看！向左转！向右转！就我而言，我想我从来没有像恨那个宽肩、色厉、粗嗓门的家伙那样恨过其他人。他对我说的每一句话都让我觉得是一种侮辱。看到他在远处，我就赶紧转身逃走，生怕狭路相逢要打招呼行礼；更重要的是，避免让我神经发抖，痛苦不堪。如果说曾有人伤害过我，那就是他，他给我带来的是身体与精神的双重伤害。严肃说来，我相信，自童年以来，我遭遇过的某种神经质问题正好可以追溯到这一可憎的操练时期。且我确信，我身上最令人烦恼的特质之一——强烈的自尊心——也应该是从这些悲惨的时刻开始形成的。当然，性格是天生的，但这性格应该是被修正，而不是被强化。

　　年轻的时候，我会因在这学校的操练场上只我一人敏锐地感受着剧烈的痛苦而自命不凡。现在，我更愿意相信我的大多数同学都同样怀着一颗压抑的、反抗的心。哪怕那些如孩子一般享受着操练的人，我相信他们之中也不会有几个欣然接受在盛年给自己或者同胞强加一份兵役。就某一个角度而言，英国在被征服下流血，也好过匆匆忙忙或者贸贸然然地接受征兵以得救。英国人是不会这样想的，但如果有一天，爱她[1]的人中没有一个人这样想，对她来说就挺悲哀的。

1　原文为"she"。

我曾想过可以如此定义艺术：它是对狂热生命的一种满意而持久的表达。这适用于人类构思的一切艺术形式。因为在艺术家进行创造的时刻，无论他是在创作一部伟大戏剧还是在木头上雕出一片叶子，他都会被周遭世界某一方面的极致欣喜所感动、所激发。同样的欣喜，艺术家总是要比他人感受得更强烈，且他有一种力量——虽然我们并不知道这力量是怎样降临到他身上的——把这种有着稀有活力的情感有声有色地记录下来，这欣喜由此便又得到强化与延长。在某种程度上，艺术是人人皆可为的，哪怕他不过是一个耕地的农夫。他在日出的田地里，只因为身体与力量的勃发，自然地哼出几声或许称得上优美的调子；因为受一种不寻常的热情驱动，他唱或者试着去唱，而这粗朴的歌便全然是他自己的了。同样耕着地，歌咏着雏菊，歌咏着田鼠，或者创造出富有韵律的《汤姆·奥桑特》[1]的，是另一个人。对这个艺术家而言，这种生命的热忱要比激发普

---

1 苏格兰诗人罗伯特·彭斯（1759—1796）的一篇史诗。

通农夫灵魂的那种更有力、更微妙。且他能够以词语、音乐来表达，从而使其进入人们心中，并在数百年里依然保有魔力。

有好些年了，我们国家一直在讨论艺术。我猜想，当维多利亚时代真正的艺术冲动弱了下来，当一个大时代的能量几近衰竭之时，这样的讨论便也开始了。当实践不兴之时，人们便开始激烈讨论准则的问题。思量并不会使人成为艺术家，甚至不会因此在艺术方向上前进一英寸——这并不等于说，作为艺术家，着意努力是没有益处的。歌德（那些与他处处皆不同的模仿者最常拿来举的例子）对他的《浮士德》是有过不少思量的。可他年轻时候写的那些抒情诗，那些他同样珍贵的创作是怎样的呢？那只是一挥而就的，笔行纸上，龙飞凤舞，是他自己也不能遏制的。艺术家是天生的，不是生造的——这样可敬的真相，换作我，我敢写吗？现在经常听到人批评司各特[1]，说他没有艺术的良知，说他没想好风格就草草下笔，说他从不推敲就匆匆开始——可不像福楼拜经常做的那样，当然，你们都知道这一点。这时候写下这样的真相，算不得多余吧。说到底，怎么没听说某位威廉·莎士比亚用某种犯罪式的疏忽完成了他所谓的艺术作品呢？一个叫塞万提斯的笨货对自己的艺术毫不上心，他在一章里说桑丘的驴子被偷了，然后他就忘了这件事，接着写桑丘骑在自己的花斑马身上，仿佛什么都没发生过。是这样的，对吧？

---

1 司各特（1771—1832），英国诗人、小说家。

还有个叫萨克雷[1]的，有一本非常"主观"的小说，他在最后一页上大大咧咧地说自己在某页里杀死了某一位勋爵的母亲，又在另一页把她复活了。是这样的，对吧？然而，这些反艺术的罪人无一例外都是这世间第一流的艺术家。从某种意义、某种程度而言，他们过着批评家无法理解的生活，而他们的作品正是这种对狂热生命满意而持久的表达。

毫无疑问，早在我之前，就有人下过这样的定义了。这也不打紧，于我而言，难道其创见性就由此减少些吗？不久之前，对于这样的可能性，我还感到焦虑。因为我是一点点剽窃也不能碰的，这是我人生的底线。而现在，我同意福平顿爵士[2]的看法，更多在自我慧心的萌发里自得其乐，而无须烦心他人是否具有同样的想法。假设我在对欧几里得完全无知的前提下，发现了最简单的几何演算，那么，当有人提醒我注意他的那部著作时，我会感到懊恼吗？毕竟，这些自然的慧心萌发乃是我们生命里的至高造物，可能并没有现实的市场价值，只是一个偶然。在这些自由自在的日子里，我的一种有意识的努力，便是为自己理性地活着。从前，在阅读中遇到让我印象深刻的或者让我开心的，我就记在笔记簿上"备用"。我读到惊人的一行诗或者一段散文，就会想到将来写什么东西可以拿来引用——文学生活的恶果之一。我现在竭力排除这种思考习惯，自问：

---

1 萨克雷（1811—1863），英国小说家。
2 英国戏剧家范布勒（1664—1726）的喜剧《旧病复发》中的人物。

"那么，我阅读和记忆的目的是什么？"这实在是一个庸人自扰、顶顶糊涂的问题了。你读书是为了自得其乐，是寻求自我的慰藉、自我的强化。那么，这是纯粹自私的快乐吗？慰藉可以持续一个小时以提升自己，百战不殆。唉，然而我明白得很，都明白得很。如果不是这几个钟头的闲读，得有怎样的一颗心，才能生活在我的屋子里，等待着直至生命尽头？

有时候我想，要是在我忍不住高声诵读的时候，有人在我身边倾听，那该有多好。那自然是好的，然而，我能指望全世界哪一个人永远和我有共鸣呢？——啊不，哪怕只是在趣味上大体一致。这般的心智和谐是最难得的事情。这是我们一生都在渴望的：这渴望像恶魔一般驱使我们陷入荒原，最终常常陷我们于泥潭沼泽之中。到最后我们才明白这不过是一场幻灭，你将孤独终生——这是所有人的命运。那些自以为摆脱了凡人命运的人，他们是幸福的，至少在想象中，是幸福的。那些从未得到过这种幸福的人，至少避免了幻灭的苦恼。直面真相，无论它如何让人不舒服，不总归都是好的吗？那彻底宣告徒劳无望的心，在一寸一寸升起的宁静中得到了补偿。

21

今天我园子里所有的鸟纵声高歌。说满园鸟声，并不能完全表现出那种不绝于耳的尖啸声、鸣叫声、唧啾声，而是齐奏和鸣，响彻云霄。我时不时注意到一只小小的鸣禽，它如痴如狂地拉扯着自己的嗓子，仿佛要胜过其他一切的鸟。这是一曲颂歌，世上所有孩子都没有这般嗓音或是心境能唱出这样的歌曲。听着听着，我便迷失在那光芒四射的狂喜中，整个人柔柔地融进激情洋溢的快乐中。我不知道是怎样深刻的谦卑使我双眼模糊。

22

　　若是只看文学书刊便由此判断这个时代，或许可以很轻易地说服自己，我们的文明已经取得了巨大而坚实的进步；说服自己，这个世界正屹立在一个大有希望的启蒙阶段。每周我都翻看这些充满广告的页面，我看到许多出版社热火朝天地推出各种新旧书籍，我看到各文学分支上数不清的人名。那些被公布的作品，许多都只有暂时的意义，甚至根本没什么意义。不过，有不少书籍能吸引深思好学的人啊！一长串的经典作品被提供给大众，形式美观，价格实惠；从没有宝物可以如此低廉、被如此优雅地放置在珍视它们的众人面前。对有钱人来说，有华丽的合订本，有豪华版本，有被倾注了大量心血与技术、不计成本的艺术品。这里展示了全世界在各个时代的学问。无论一个人研究的是什么，

他早晚会在这些栏目中找到吸引他的东西。博学者在自己已知领域获得的、分属学术界各个科目的劳动成果，都在这里了。科学带来天上地下的最新发现，它讲给身处孤独中的哲学家听，也讲给市场里的普罗大众听。在无数出版物上都可以找到人们闲暇时的奇思妙想、一些思想的怪异碎片和种种道听途说的集锦。此外，还有一些寓言家，说实话，在各种名单上，他们通常占据着风光的地位。谁来统计他们？谁来计算他们的读者呢？写诗的人很多，然而观察者会发现，当代诗人在公众品位榜单上占据的位置实在不引人注目。另一方面，讲旅行的书颇多，人们对远方见闻所怀有的趣味似乎只略逊于浪漫的冒险。

有这些书在眼前，我们难道还不能相信人们的想法才是今时第一要关切的吗？从出版社里涌出的这些书都由谁购买去了呢？若非因为智识领域掀起的全民热潮，如此大的商业如何能够兴盛起来？的确，我们可以理所当然地认为在全国各地，在乡村和城镇，私人藏书室都在飞速发展；认为大多数人都在用许多时间去阅读；认为文学抱负是让人发奋的最普遍刺激之一吧？

事实如此。所有这些都可以说是当代英国的现状。可这足以让我们对文明的前景放心吗？

有两件事必须牢记：无论这样的文学活动本身看起来多么可观，它还是小众的；其次，一个真正文明人的精神状态，并非一直可以拿文学活动来证明。

将《文学机关》这样的周报放一边，拿起每天早晚发行的日报。

在这里，你会得到事实的真正比例。读读花了你三便士或半便士的《每日新闻报》，想想它们给你留下的印象。可能就只有几本书获得了"评论"。假定这样的"评论"在某种程度上是值得注意的，那么将它所占据的篇幅与物质生活所占据的篇幅做一比较，你就会估量出知识分子的努力对于大众的重要性有多少了。是的，阅读，我是说真正意义上的那种阅读，是极少数一批人的行为；如果明天所有的书籍出版都停了，大部分人都不会觉得少了点什么。那些让你兴奋不已的、博大精深的作品，在整个英语世界里所面向的其实也就那么几千人。许多珍贵的书，长年累月下来也就卖几百本罢了。将整个大英帝国所有购买严肃文学、习惯在公共图书馆找书的男女——简而言之，以书为日常生活所必需的——全部聚拢来，如果能填满阿尔伯特大厅[1]，那就算我输。

不过，即便如此，我们的时代终究变得越来越文明，这表现在对知识的热爱上，难道不是很明显的吗？可曾有一个时代能眼见关于情感与知识的书有如此广泛的传播？少数智者不正发挥着深远的影响吗？不管大众在后面跟从得多么缓慢且游移不定，这些人难道不是在切实地引领着前进的路吗？

我是愿意相信的。当黯淡的一面强加于我，我常常对自己说：想想那些频频出现的理性者，想想他煞费苦心地到处散布光明，既然人类进步如斯，怎么可能就让这样的努力被盲目残暴的力量压制

---

1 英国伦敦的一处音乐厅。

呢？是的，是的！然而，这个被我视为理性且开悟了的，又启迪着他人的凡人，这个作者、调查员、讲师，或者让我紧紧追随的学者，他就总是代表着正义与和平，代表着和蔼可亲，代表着生命的纯粹——所有造就我们文明的那些吗？这是一种书生气的荒谬想法。经验处处证明，活力四射的精神活动只是人格的一面，另一面则是道德上的野蛮。一个人可能是优秀的考古学家，却可能对人类的理想毫无同情心。历史学家、传记学家甚至诗人，可能是一个金融市场里的赌徒、一个社会的投机者、一个哗众取宠的沙文主义者、一个不择手段的阴谋家。至于"科学领袖"，有哪个乐观主义者敢于宣称他们是站在高尚的美德这一边呢？如果一定需要这样看待那些站出来并自诩为教导者或启发者的人，那又如何看待只是聆听的人呢？

读者大众　　哦，读者大众！一个谨慎的统计学家可不敢宣称，在阅读真正有价值书籍的人中，每二十个人中只有一个能读懂他们的作者。你以为那些看似广为流传的阳春白雪，在购买者那里得到了真正的欣赏吗？请记住那些跟风的购买者，那些把书强加于邻人的购买者，那些甚至为了取悦自己的购买者。想想那些只把书当作廉价礼物的人，那些只是被书的外在装帧吸引了的人。最重要的是，要记住庸碌大众，他们的热情并非出于知识，也并非出于信念，他们只不过是些一瓶子不满、半瓶子晃荡的人，他们是我们时代的特色，也是我们的时代之危。他们确实在大量购买书籍。他们中有少数人，头脑与良知可以证明他们的狂热是正当的，这我不会不承认；

对这万分之一的人，给予一切帮助，给予一切兄弟般的慰藉吧！可对大多数油嘴滑舌的人，连书名与作者名都念不对的人，那些扼杀韵律的人，那些多出六便士把未切的书页糟蹋的人，那些对书的折扣斤斤计较、精明透顶的人——难道要我在他们身上看到未来世纪的希望吗？

有人告诉我，他们欠缺教育的情况会得到改善。以前只有少数人有受教育的特权，这不太好；在将来，人人都可以自由接受教育，那是比较幸福的；而我们现在就处于这二者之间的过渡阶段。对于这样的看法，不幸的事实是：教育只是少数人能获得的东西；无论你怎么教，能从你的热忱里受益的也只是一小部分人。试图在贫瘠的土壤上获得丰收是徒劳的。庸人依然是庸人，可如果他逐渐意识到了权力，如果他能发声、自作主张，如果他把国家所有的物质资源都弄到手，唉，你就会处在这样一种状态里：如同当下，以一种不受欢迎的样子，汹汹地出现在每个幸福或不幸的英国人面前。

每天早上醒来，我都要为这寂静感谢上苍。这是我的晨祷。我还记得在伦敦的那些日子，总是被噼里啪啦、哐哐当当的声音吵醒。醒来后，心头首先升起的是对生活的憎恶。木头声、铁具声、车轮撞击声、器物敲击声、刺耳的门铃声，所有这些都糟透了，而更糟的是喧嚣的人声。这世间，没有什么比白痴的嬉笑或尖叫更让我恼火，没有什么比暴怒的吼叫更让人憎恶。如若可能，除却少数一些我亲爱的朋友，我再也不要听到人类的言语了。

在这里，我能睡到自然醒；无论早晚，我都置身在幽雅宁静里。偶尔有路上的马蹄嘚嘚；或是有狗在临近的田地里吠着；或是有火车从埃克塞河的另一边远远地、轻轻地呢喃着驶过去——这些几乎是唯一扑入我耳内的声音。而整日里，最稀有的是人声。

不过，这里有枝叶在晨风中的飒飒声，有太阳雨敲玻璃窗的叮咚声，有飞鸟的晨颂声。最近好多次，当最早的云雀发出第一声啼鸣，我醒卧着，一夜未眠，竟也是高兴的。那一刻，唯一令我怅然的，是想到自己曾在人世无意义的喧嚣中浪费了长长的一生。年复一

年，这地方保持着同样的宁静。除了我所拥有的，若能多一点好运、多一点智慧，我或能许自己更多宁静，或能在今后的人生里久久回顾自己的田园静好。现在，带着些许的悲哀，我安享着我的人生，我知道这悠扬的寂静不过是——那等着拥我们所有人入怀的——深深寂静的前奏罢了。

最近，每天早上我都沿着同一方向去散步，目的是去看一片青幼的落叶松林。世间没有什么能比它们此刻披覆的颜色更美了，我的眼睛似乎因此得了清新，得了喜悦，这清新与喜悦又渗入心中。这颜色将迅疾变去，我想，这灿烂明亮的鲜绿已然开始步入夏日的肃穆。落叶松自有其美到不可方物的时刻——有机会让自己年年春日享受这样美景的人，是幸福的。

我整日在这里闲来走走，望望落叶松，且又能平心静气地安享所有，还有什么能比这样更好的呢？在任何一个阳光灿烂的春日清晨，有几个世人可如此安宁，能在这天地之间的荣光里满心欢喜？五万人中可有一人？想想，一连五六天没有任何忧虑、紧急之事打断他的沉思，命运对他是多么仁慈！嫉妒在人心里是如此根深蒂固（且如此合情合理），乃至我问自己，是否要为这段宁静的时期付出点什么。这一周多的时间里，我是全人类中少数一位被挑选出来接受命运至高恩惠的人。这样的恩惠，或许每个人都可能依次得到吧；对多数人而言，可能一生唯有一次，且往往不过短短一瞬。比起常人，我的命运似乎要好得多。有时候，这让我不安。

今日行过一条最爱的小径，见路上满是山楂的落英。乳白的颜色，即便凋谢，芬芳犹在。五月的荣光零落一地，它向我述说着春日已过。

我是否如愿以偿地享受过这个春天？自我获得自由的那天起，我已眼见过四个春天。在紫罗兰凋谢、玫瑰花开的时候，我总是忧惧：是否上天给了我恩惠，我却没有足够珍视？我花了太多时间把自己幽闭在书本里，而我本可以在草地上悠游。这得失对等吗？犹疑又踌躇着，我倾听自己的内心，且听它如何辩护。

我记起那些喜悦的时刻——认出每一朵盛开的花，惊讶地看到萌芽的枝条一夜之间便着了绿。黑刺李上第一道雪白的微光逃不过我的双眼。在其最常生长的两岸，我等候着最早的报春花，又在报春花丛里发现了银莲花。草间闪耀着的毛茛、山谷里一片长着金盏花的沼泽地沐浴在阳光下，让我目不转睛。我望着黄花柳那闪闪的银色球果，在灿灿的金粉中华美无比。每每看到这些寻常的事物，我都大为触动，赞叹称奇。它们今次再度远去。当我走向夏日，我喜悦着，而个中有杂忧。

夏日篇

今日，我在花园里看书，一阵夏日的芬芳扑鼻而来。我不晓得那是怎样的香味，但隐约与我所读的有某种关联，那香味带我重回学生时代的假日。我感到一种陌生又强烈的轻松，一种从长期的工作中得到释放的轻松，奔向海边的轻松——那是童年的幸福之一。我乘着火车，不是那种急匆匆且长途奔波的快车，是慢车。它去的不是什么重要的地方，你可以看到白色的蒸汽在身后的田野里摇曳、飘荡。多亏有一位善良睿智的父亲，我们这些孩子没有看到人头攒动的海边。我说的也都是四十年前的事了，那时候在英格兰北部的海岸上，东边也罢，西边也罢，都还可以找到仅仅因其美丽与僻静而被人欣赏的地方。火车在每个站台都要停一停：小小的站台上摆着一圃圃的花，在阳光下散发着温暖的气息；乡民提着篮子上了车，他们说着陌生的方言，一种我们听来几乎算得上外语的英语。于是，我第一次看到了海，激动地关注着潮水的起落；看到了长满卷叶草的海堤下面一片片绵延的沙滩与草甸，微波在最远处泛起微沫。突然，我们到站了！

啊，孩童唇上那海水的味道！如今，只要我愿意，便可以去度假，去任何我喜欢的地方。然而，海风咸咸的吻，我是再不能体味了。我的感官迟钝了，我再不能如此切近大自然了。对那自然的风、自然的云，我有一种可悲的畏怯；那从前纵情奔跑跳跃的地方，如今我必然是拘谨乏味地木然行过。哪怕只有半个钟，可以扑进阳光明媚的海浪里，可以在银色的沙丘上滚爬，可以在明亮的海珊瑚石上跳跃，让我在滑入浅水滩、置身海星与海葵之间时哈哈大笑，那该多好啊！我的身体比心灵要老得多，那从前乐享过的，如今只能望望罢了。

过去的一周，我一直在萨默塞特。六月的好天气让我起了漫游的心，我转念想起赛文海。我去了格拉斯顿伯里和威尔士，又去了切达，这样一直走到克利夫顿的英吉利海峡岸边，一路念及十五年前的旅假，在今昔之我的比对中常常茫然自失。在英国最古老的一个幽静的角落，有着一切言语无法企及的美，要不是我害怕阴湿多雾的冬日天气，我本可以选择门迪普斯山下的某些地方来做我的家，做我的长眠之地。那些古老的名字听起来有着难以言传的魅力，那些小镇幽静得出奇，隐没在泥土与牧场之间，尚未被狂乱的现代生活所触碰。它们如古老的圣殿一般，被高大的树木与开满鲜花的树篱守护着。在整个英国，没有比从格拉斯顿伯里的圣索恩山望去更甜美、更变化多端的风景了。在整个英国，没有比威尔士王宫护城河边的林荫道更优美的沉思之地了。想到自己曾在那里度过的黄金时光，我便被一阵难以言喻的激情所攫取。我的心颤抖着，带着无以名状的狂喜。

在我的生命里，曾有一段时间，我只一心渴望去异域旅行；在变幻不定的这一整年里，我对熟悉的一切都感到不耐烦，这使我焦躁。如果我最终没有找到机会逃离，如果我最终没有看到灵魂渴望的风景，我想我一定会郁郁至死。想必少有人如我这般喜爱漫游，少有人如我这般怀着深深的喜悦与渴望在记忆里反复重温。然而——在圆熟的秋日，无论有怎样的诱惑，当我想到葡萄、橄榄——我不信自己会再次渡海。余生无几，余力无多，远远不够让我安享这亲爱的英伦岛屿上我所知晓的一切，我所想要知晓的一切。

我儿时常睡的一间房间里挂满了英国风景画家的版画——半个世纪以前很常见的那种钢版画，上面印刻着"来自弗农画廊的画作"。那时候我什么都不知道，但这些画让我印象深刻。我带着小孩子的专注久久地凝视着它们，半是好奇，半是遐思，直到每一根线条凝固在脑海里；此时此刻，我还能望见那些黑白风景，仿佛它们就悬挂在我面前的墙上。我常想，这种早期的想象训练与我对乡村风景的热爱颇有关系——它在我还没意识到的时候，已然潜伏在我心中，直到现在依然是指引我生活的情感之一。或许，这样的早期记忆也解释了我为什么喜欢一张好的黑白版画甚于一张好的油画。而这让我做出另一个推论：在少年时代与人生早期，我在由艺术所表现的自然中，能比在自然本身中寻到更多的乐趣，原因或正在于此。即便在为困苦与激情所攫取，乃至不能看一眼花田的那段古怪别扭的时光中，我依然还是会被一幅最简单的乡村风景画打动——深深地打动。有时，因为有幸进入国家美术馆，我常常在诸如《山谷农场》

《玉米田》[1]《鼠穴荒野》[2]这样的画前伫立良久。在内心幽暗的迷茫中，世界平和美丽；这样的幻象深深触动着我，而我被排除在这样的幻象之外，其实我对它也不作多想。可我并不需要——此刻也不需要——大师的魔力来唤醒心中的情感。只要让我看到最卑微的小木刻、最廉价的"印染"插图，上面有一间茅草屋、一条小路、一片田野，我便会听到那种音乐开始低语。感谢上天，这是一种与日俱增的热爱。在我卧倒、死前，脑中最后想着的，将是照耀在英国一片田野上的阳光。

---

1 前两幅皆为英国画家约翰·康斯太布尔（1776—1837）的风景画作品。
2 英国画家约翰·克罗姆（1768—1821）的风景画作品。

坐在花园里，在黄昏的玫瑰花香中，我读完了沃尔顿[1]的《胡克的生活》，还有比这更合适的地点与时间吗？我几乎可以看到希维特里教堂的塔楼。希维特里，那是胡克的出生地。在英国的其他地方，他一定会常常想到这些没入埃克塞河绿谷的田野，想到哈尔登松林背后沉没的落日。胡克热爱乡村。让我高兴并无限感动的是，他请求从伦敦转移到乡间生活——"在那里我可以看到上帝的祝福自大地纷涌"，以及他一边手里拿着一本贺拉斯的书一边牧羊的场景。正是在乡间的孤独中，他找到了铿锵有力的散文节奏。向这个满脸丘疹、为悍妇所扰的可怜人吟唱着的，是怎样美妙的天籁之音啊！

最后几页我是借着满月的光辉读完的，在那之前，余晖已是足够了。哦，为什么在我这么多年的笔耕生涯里，我就没有机会写一些短小而完美的东西呢，哪怕就像诚实的沃尔顿写出的某篇传记呢！是文学，注意，不是"文学作品"。让我感谢自己有心去享受它吧——不只是去理解，还要去品味其上好之处。

---

1 沃尔顿（1593—1683），英国作家。代表作有《钓客清话》。

正值周日的清晨，在丰美的大地之上，天空闪耀着今夏至纯至柔的光辉，让人心生愉悦。我将窗户大开：眼见阳光在园中的草木花叶上闪烁；耳闻向我而来的鸟鸣；在我屋檐下做窝的燕子时不时默默地快速飞过；教堂的钟声响起来了；这些远近的声音我都识得。

曾有段时间，我喜欢对英国的周日肆意讽刺。在这每周一次的劳动暂停与喧嚣中止中，我只能看到古老陈腐的愚昧与现代的伪善。现在，我视之为一种无可估量的恩惠，并生怕对其静谧有一丝一毫的侵扰。无论我对"谨守安息日主义"如何嘲笑，周日到来的那天我不总是那么高兴吗？伦敦大小教堂的钟声并不悦耳，但当我想起它们的声音——即使是最盛气凌人的法利赛人集会的声音，用一种可怕的钟舌奏出来的声音——我也能找到一种与安宁、自由相关的感觉。七天中的这一天，我将它交给我最好的天赋；工作且抛掷一旁，上天允许的话，烦扰也都忘却。

离开英国后，我一直怀念这种周日的安宁，它不同于寻常日子，似乎连空气都受其影响。人们走进教堂，商店关门，工厂寂然停工，

这是不够的；这些假日的特征并不构成周日。无论人们怎么看待它的意义，我们的"安息日"自有其别样的神圣。而这神圣，我想，即便是那些希望看乡村的小伙子们打板球、希望在城镇的剧院里看戏的人，也多多少少可以隐约感受到。这想法对于背负重担的世人而言，定然是再好不过的。让人每周有一整天从世间的凡俗生活中脱离出来，从凡俗之乐与凡俗之虑中超脱出来。尽管有着狂热主义的弊端，这想法依然能带来颇丰的福祉；周日给大众带来的一直都是好处，对少数人来说，则是灵魂的生活——无论他们如何从异端邪说上理解这个词。如果这一古老的用途在我们之中湮没，对我们国家来说就大为不妙了。毫无疑问，它终将湮没；对大众而言，这一天已不复神圣，而这样的变化，唯有在此，在这乡间的寂寞里才会被人忘却。随之消失的是那种周期性的平静，即使在很大程度上人们已经意识不到这种平静的意义了，但我们大可以说，它是赋予一个民族最好的精神财富。

这平静是一切之中最难获得的、最难保持的，是最崇高心灵得到的至上祝福，每周劳作的最后一次钟声刚刚敲响，这种平静的气息便吹向整片大地。从周六的傍晚便腾起了这种宁静与慰藉。随着古老信仰的衰落，周日失去了约束力；在我们正遭受的无数损失之中，没有一种能够如此有效地让大众庸俗化。当最初区分这一天的权威不再被认可时，守卫这一天的道德之美还有什么希望呢？——想象每周有一天"公共假日"吧！

5

　　周日，我要比平时更晚下楼。我换了衣服，在精神休憩的日子里，还是把劳作日的着装放一边为好。其实，我在任何时候都不需劳作，但周日的确赋予了我安宁。我与众人一并安享这份宁静；与其他日子相比，在这一天我的思想也更为彻底地摆脱了工作的世界。

　　要明白我的这所房子如何能自有一种周日的宁静，这并不容易，因为它素来都是寂然的。然而，我还是能寻到别样之处。我的管家带着一种周日的微笑走进房间，她为这一天感到尤为开心，而一看到她这么快乐，我便也开心起来。如果可以，她会用更为柔和的声音说话；她的一身穿着都提醒着我，只有最轻松和最干净的家务等着她去做。她会去教堂，早晚各一次，而我知道她会因此变得更好。她不在的时候，有时我会去平日从不进入的房间里走走看看；干净明亮、秩序井然——我敢肯定——都可以在这个女人的"领土"内看到，我看这些只是为了让自己感到悦目。若没有那个一尘不染、香气扑鼻的厨房，我怎能安心摆放我的书、悬挂我的画呢？这个女人默默地生活着、工作着，而我生活里的所有安宁都依赖于她诚挚的照料。我敢肯定我付她的钱是她所得里最微不足道的部分。她是个老派的人，老派到认为仅仅履行她自己的职责就是最终的目标，认为她手头的工作本身便是一种满足、一种骄傲。

在我还是孩子的时候，只有星期天我才被允许自由地看某些书，平日里它们可容不得我粗心大意地使用；画着精美插图的书、为人熟知的作者们更美的图书版本，或是那些仅仅因为大部头而特别引人瞩目的书，都需要特殊照顾。令人开心的是，这些书都是高级文学作品，于是在我心里，便将休息日与诗歌散文中最高级的作品名字联系在了一起。在我的生活里，这种习惯一直伴随着我；我总是希望在星期天的部分时光里，安静地与书待在一起，而这些书在大多数时候都很容易被晾在一边；一个人会把对它们的了解和喜爱作为忽视它们的借口，并转而去看一些具有新吸引力的印刷物。

荷马与维吉尔，弥尔顿与莎士比亚——没有几个星期天我不打开其中的一本或者另一本。没有几个星期天？不，那是言过其实了，人总是这样。要我说啊，倒真是有太多个休息日里，我寻到了阅读的心情与时机。如今，心情与时机从不舍弃我。我只要愿意，随时可以取下我的荷马与莎士比亚，但只有在星期天，我觉得最适合与它们为伴。这些伟大的作家戴着不朽的冠冕，对那些仿佛是一时兴起而匆促奔向他们的人无动于衷。正襟危坐恰合平和之思。我打开书卷，带着些微的庄重。难道它不神圣吗？——如果这个词有任何意义的话。在我读书的时候，没有什么能打断我。红雀的啼鸣，蜜蜂的嗡嗡——这些都是我的圣殿之音。书页翻动，悄然似无声。

有多少居所，我们敢说，在它的屋檐下没有愤怒之语，房客之间从来一团和气？多数人根据经验似乎可以证实全世界没有这样的房子存在。不管怎么说，我知道有一个，所以得承认或许有更多吧。可我感觉这也只是一种猜测，我无法确凿地指出任何其他例子，在我全部的现世生活里（这样说，我好像是个脱离世俗之人），我也不能举出一例。

　　人们在一起生活太难了。不，对他们来说，是来往太难了；无论这来往多么短暂，哪怕是在彼此没有过冒犯这种最好的情况下。想想工作和习惯的差异、偏见的碰撞、意见的分歧——尽管可能是同一回事，这些在两个并非偶然接触的人之间会马上暴露出来。想想看，两个人在一起一两个小时，无论看上去怎样和谐共存，多少总暗含着自我压抑。人无法与他的同伴和平来往，这是天生的。人的天性是独断的，常常带有攻击性，总是或多或少带着敌对精神去批评那些对他而言有些陌生的特性。人拥有深刻的情感，这只是在各个层面上缓和了他天性中的争端，抑制了他的表达。即便是爱——

在这个词最大、最纯粹的意义上——也不能保证可以对抗危险的刺激与先天的情感。而如果没有强大联盟的作风，爱的持久性又能有多久呢？

假设你有这样一种听觉能力，任何一个城市屋檐下的所有谈话都能被你清晰耳闻，那么你听到的主调将是情绪、脾气、争吵时的意见。除了最慈眉善目的梦想家，谁会怀疑这一点呢？请注意，这与"愤怒的情绪是人类生活中的主宰力量"是两回事，人类文明则证实事实与这话刚好相反。正因为，也只因为冲突的自然精神频频如斯，人类社会才得以保持团结，并在整体上呈现出和平的一面。在漫长的岁月里——你也许想知道有多少年——人类实现了深度的自制，悲惨的经验迫使他（这个个体）必须妥协，习惯使他倾向于安宁有序的生活。可本能上他依旧是一个喜欢争吵的动物，只要他认为符合自己合理的利益，就会发泄这种冲动——可以肯定的是，他常常不考虑限度。众所周知，普通男女总是与某人不和，绝大多数人的生活都离不开经常性的争吵。随便找个你喜欢的人私下交谈，让他告诉你，他的记忆里有多少亲友间的冷漠、疏远乃至彻底的敌意；这个数字肯定不小，并且可以由此推断出日常"误解"的数量会多么大！当然，口头争吵在穷人与小市民间要比在生活悠闲自在的、有教养的人群间更常见，不过社会底层人士是否比在他们之上的少数精英人士更难交往，对此我是怀疑的。高度教化或有助于自我约束，但它增加了刺激性接触的机会。在楼宇里就和在茅屋里一样，在已婚男女之间，在父母与子女之间，在不同亲属之间，在老板与雇员之间，生活的压力永远都能被感受到。他们辩论、争论、争吵、爆发——然后神经得以舒缓，准备重新来一次。离开家，争吵就不那么明显了，但它在一个人身上从无间歇。在每一个早晨送达的信件中，有多少都是在郁闷、焦躁、愤怒时所写？邮袋发出辱骂的尖叫，或者迸发着压抑的恶意。人类生活在公私组织上抵达如此奇点，这难道不奇妙吗——不，这难道不是奇迹中的奇迹吗？

而温和的理想主义者愤慨于连绵的战争！为什么人类的智慧无法解释国家之间竟能保持和平？因为，如果只有在最幸运的情况下，个人与个人之间才能和谐共处，那么在异国他乡的人民之间，相互理解、心怀善意的可能性似乎小得多。事实上，从彼此之间真正喜欢这个意义上而言，没有两个国家之间是友好的。国家之间的批评指责，总是混杂着敌意。"hostis"的原意只是陌生人，而像外国人这一类的陌生人，只有在少数例外情况下，才不会激起大众的反感。另外，每个国家都会有大量的人以激化国际间的不愉快为乐，且以此为事业；但凡有点常识，就不会惊讶于人们总是乐谈战事，乃至宣布战事了。在过去，因为距离遥远，交通不便，国家之间的和平得到了保证。如今，各个国家之间紧密相连，还有什么必要去详细解释记者与政客之间的永恒主题——怀疑、恐惧和仇恨呢？因为相邻近，所有国家都进入了争吵的自然圈里。他们发现有那么多事情可以争吵，这也并不令人惊讶。一百年后，我们有可能看到国际关系是否遵从法律，那种在每个文明人的生活中发挥着有益作用的法律；这个国家与那个国家之间是否会愿意用不流血的争吵来缓解它们的脾气，为共同利益压制住更激烈的冲动。然而，我怀疑一个世纪太短，甚至不足以对这种结果做一个合理推测。万一报纸不复存在……

一谈论战争，你就总会陷入这种乌托邦式的思考中！

我在读一篇报刊评论中时不时出现的关于预测国际政治的文章。很难说我为什么要这样浪费时间。我想，在闲暇时刻，厌恶与恐惧的迷魅在我身上占了上风。这位作者敏锐活泼得可怕。他声称一场欧洲大战将是必然的，他对此有一种特别的满足，并为这样一种势在必行而激动。那些诸如"可怕的灾难"的词句毫无意义，他文章的整个主旨证实他自己就代表着，且是有意识地代表着一种引战的力量；他在这件事情里的角色就是一个活脱脱不负责任的人。但凡对"在劫难逃"有所怀疑的人，都将遭到他的讥笑。以翻来覆去的预言来使人相信所言不虚，也是一种很常见的方式。

　　可我不会再读这样的文章了。做了这样的决定，我就要坚持下去。何故要让自己因为无益的事情愤怒而神经颤抖，毁了一整天的平静呢？国家之间要互相残杀，跟我有什么干系呢？让那些傻瓜去打、去杀吧！他们开心就好。毕竟，和平只是少数人的愿望，过去如此，将来也是如此。不过，不要再提"可怕的灾难"这种令人作呕的废话了。领袖与大众并不这样认为，他们要么看到战争中一些

直接或间接的利益，要么被内心的野蛮驱使，低着头就上了阵。让他们去砍、去杀，让他们血流成河，直到他们犯恶心——如果这会发生的话。让他们摧毁麦田和果园，烧尽家园。纵然如此，依然会有沉默的少数人，在宁静的田野里走着自己的路，他们为一朵花弯下腰去，他们看夕阳。只有这些人值得一想。

这炎炎夏日里，我偶尔喜欢在全盛的日头下走一走。我们这座岛上的太阳从不会热到让你忍无可忍，在盛夏的欢欣里倒有着一种壮丽，让人心也飞扬起来。但是在街头，这太阳就让人不太受得了了；实际上，你若仔细看，就能看到那些或卑微或丑陋的事物也都借得了天空的辉煌。记得在八月的一个公共假日，我因故要走遍整个伦敦，意外发现自己竟然能够欣赏到街头那种奇异的荒芜。我惊奇于在庸俗的狭长街景里、在沉闷的建筑里的那种美，这是我之前不曾知道的。长而清晰的影子投向地面，只有在夏天寥寥一些日子才能看到，只此便令人印象深刻了。而如今它投在无人的大道上，给人的印象就更深了。我记得我看着那些熟悉的建筑，看着尖塔、纪念碑的样子，只当它们是新事物。而当我最终在堤岸的某处坐下，与其说在休息，不如说在悠然凝望，因为我不曾有倦意。而太阳，依然向我倾泻着其正午的光辉，似乎在我的血管里填充了活力。

或许我不会再度拥有那样的感知了。自然于我有慰藉、有狂喜，却不再有滋养。太阳让我活着，却再不能如从前那样让我万象更新。

我愿怡然自乐，而非凝然深思。

在金色时光里，我信步走着，来到一棵巨大的七叶树下。树荫下，适合一坐。坐在这里，眼前并没有宽阔的景象，但足够我看的了——玉米田边上有一角荒地，开满了罂粟与野芥花。灿灿的红与黄，与白日的光辉相映成趣。附近还有一道树篱，开满巨大的白色旋花。我的双眼一直都看不够。

小小的芒柄花是我很喜欢的。这花得阳光照着，便会散发出一种异香，让我心旷神怡。我知道为什么会有这样一份特别的愉悦。芒柄花有时会长在海边的沙地上。小时候，许多次我就躺在这样有芒柄花的沙地上，头顶是明亮的天空，虽然我没有留意这花，但小小的玫瑰色花朵碰到我的脸时，我便闻到了那香气。现在只要闻到它的香气，那些时光便都回来了。我看到坎伯兰的海岸，向北延伸到圣蜂首；海平面上隐隐约约可见的，是曼岛；内陆是山，在那时的我看来，它们守卫着的是一片未知的奇境。哦，已是很久很久之前了！

　　比起以前，我现在读得更少，但想得更多。然而，若思考不能对生活有直接的指导，又有什么用呢？也许，更好的办法是不断阅读，在种种心境里忘掉自我。

　　这个夏天我没读什么新书，倒是好好看了几番好多年都没有打开过的旧书。有一两本是大人们很少读的——就是人们习惯认为"已读过"的那种书；只觉得耳熟能详，却从未打开读过。就这样，有一天我的手落在了《远征记》[1]上，是我在学校里用过的牛津小开本，扉页上留着孩子气的签名，还有污点、画线，以及潦草的笔迹。很惭愧，我就只有这一个版本；不过，这是人们都希望拥有的那种精美版本。我打开，开始阅读——童年的情愫在心中涌动，从一个章节到另一个章节，直到几天后我读完整本书。

　　我很高兴这是发生在夏天的事情，我喜欢把童年与那之后的日子联系在一起，我找到的最好办法便是这样返回课本里——即便是

---

1 古希腊历史学家色诺芬（约前 430—约前 355 或前 354）的代表作。

课本，我也高兴极了。

凭着某种记忆的魔术，我总是把学生时代研读古典作品的工作与那些阳光温暖的日子联系起来。其实，阴雨绵绵、寒冷的天气一定更常见，但这些都被我遗忘了。我的那本利德尔与斯科特编著的书[1]仍然还用着。打开它时，如果弯腰凑得足够近，闻到书页的清香，我就会再次回到童年的那一天（这日期是一位很久之前的逝者在扉页上手写下的）。那时这书还是崭新的，我第一次使用它。那是一个夏日，或许这陌生的书页上落有一抹醇厚的阳光，我带着稚气的颤抖，半是忧虑、半是喜悦地看着。那抹阳光永远萦绕在我的脑海里。

可我想着的是《远征记》。如果这是唯一一本存世的希腊书籍，只是为了读一读它而专门去学习这门语言也值得。这是一部极好的艺术品，它将简明迅捷的叙述与多彩的形象以独一无二的方式融合在一起。希罗多德[2]写下了一部散文史诗，在这部史诗中，作者的个性永远闪现在我们面前。色诺芬对冒险好奇又热爱，这标志着他和希罗多德属于同一类，但他忘我地追寻一种新的艺术特点，创造出了历史传奇。这本小书中，有着怎样一个神奇的世界啊！处处是野心与冲突，处处是不可思议的奇异之地；满满的危机四伏与力挽狂澜，弥漫着清新的山海气息！不妨将它放在恺撒的《高卢战记》旁边想一想——这并非将不可比拟的东西强做比较，而是为了欣赏那

---

1 指亨利·乔治·利德尔（1811—1898）与罗伯特·斯科特（1811—1887）合作编著的《希英词典》。
2 希罗多德（约前484—约前425），古希腊作家、历史学家。代表作有《历史》。

通过色诺芬对语言的掌控而闪亮着的完美艺术，他的那种简洁与有着同样特色的其他罗马作家是如此不同。恺撒的简洁来自力量与骄傲，色诺芬的简洁则来自生动的想象力。《远征记》中常常是一行一个画面，深彻动人。第四卷中有一个很好的例子，其中一段叙述令人愉快得无以复加。它讲述了一个向导在带领希腊人穿过一段险境后获得回报，并被准许离去。这个人自己也冒着生命危险，他带着将士满怀感激赠予的贵重礼物，转身踏上敌人的领地。"那是晚上，夜深人静。"[1] "傍晚时分，他告别我们，在夜里动身了。"在我看来，这些话有着奇妙的暗示。你看到荒凉的东方风景，太阳从那儿落下。那些希腊人在长途跋涉之后能有片刻安然，而那个山地部落的野蛮人完成任务后带着诱人的奖赏独自步入黑暗的危险里。

同样在第四卷中，另一幅画面以另外一种方式打动人心。在卡杜奇安山中，有两个人被抓了，被逼问追踪希腊人的路线。"其中一人一言不发，无论怎样威胁，也只是沉默；于是，他在同伴面前被杀了。这时，另一个人说出了这人拒绝指路的原因：在希腊人的必行之路上，住着他的女儿，她已经结婚了。"

这寥寥几行文字里传达的悲痛，很难表达得更好了。可以肯定的是，色诺芬自己并没有像我们这样完全感受到这一点，但他因为这事本身而将它记录了下来。于是，在这一两行中，闪耀着的爱与牺牲的人类光辉拥有了永恒的意义。

---

1 原文为古希腊语。

我有时候会想，应该出去走走了，把一年中大半晴朗的日子用于在不列颠群岛上游荡。太多的美、太多的乐趣，我都不曾领略过，我想睁开眼好好看看我们这个心爱的家园，不想错过每一个角落。我常常幻想游荡在所有自己知晓的地方，对于那些名字熟悉而在记忆里却一片空白的地方，我总是兴致勃勃。我有好多郡的游览指南（在书摊上，它们总是让我无法抗拒），它们使我得以漫游。唯一比较乏味的就是有关制造业城镇的几页。然而，这样的旅行，我永远无法开启。我老了，习性难改：我不喜欢铁路，不喜欢旅馆；我的书房、我的花园和透过窗子望出去的风景，会让我生起乡愁。于是，我害怕自己在屋檐之外的任何地方死去。

一般来说，最好只在想象中重访那些曾令我们深为着迷的地方，我说的是——似乎曾令我们着迷。因为经过一段时间之后，我们曾逗留过的地方在我们脑海里形成的记忆，往往与我们当时的印象只有一点微乎其微的相似。当时可能只是微微的一点愉悦或者被各种内在、外在环境影响的愉悦，在许久之后却变成了热切的喜悦或是深静的幸福。另一方面，如果记忆没有产生错觉，如果某处地名与生命中的某个黄金时刻有所关联，那么希冀一次重访可以重现昔日的感觉，显然是鲁莽了。因为喜悦与平和并不仅仅是眼中之景带来的。无论这地方多么美丽，无论天空多么亲切，如果没有心脏、头脑、血液的运动，这些外在的东西对于人的本质都是无用的。

　　下午在阅读的时候，思绪飘忽不定，我发现自己想起了萨福克郡的一道山坡。二十年前仲夏的一日，我在那里走了很久才懒洋洋地停下来歇息。我被一种巨大的渴望攫住了，我想马上出发，再次找到高高的榆树下的那个地方——我舒服地抽着烟斗，听着金雀花荚在正午的炎阳下不断爆裂的声响。如果在冲动下贸然行动，我会有机会享受到记忆中这样美好的时刻吗？不，不，让我难忘的不是那个地方；难忘的是此处、此情和此景在那一刻的完美融合。难道我可以梦想，在同样的山坡上、在同样灿烂的天空下抽烟，会品到同样的味道、带来同样的慰藉？我身下的草皮会那么柔软吗？巨大的榆树枝丫会欢喜地柔化撞落在它身上的正午阳光吗？还有，当歇息完毕，我是否能像当年一样一跃而起，一展自己的力量？不，不，我所记得的只是我早年生活的一瞬，它意外地与萨福克郡的那幅画面联系在一起。这个地方已不复存在，过去，它也只在我眼中存在过。是我们的思想创造了我们身边的世界。即便我们肩并肩站在同一片草地上，你我看到的也绝不相同，我们也永远无法感同身受。

我在四点多醒来。阳光洒在窗台上，光线在最初时刻的那种纯金色总让我想到但丁的天使。晚上睡得极好，一夜无梦，只觉浑身上下都得到了休息：脑清目明，脉搏正正好。这样躺了好几分钟，自问该从枕边书架上抽取什么书来看看，我突然就想起身，去外面的清晨里走一走。在这一刻，我振奋起来。拉起窗帘，打开窗户，这热情也就起来了，很快我便置身花园里，接着便在路上轻快地走着，并不在乎要去哪里。

　　我有多久没有在夏天的日出时分走一走了呢？这是任何一个身体安康的人能够给予自己精神与肉体的最大愉悦之一；然而，一年中有心情且有机会这样的，只难得一两次。想一想，天光大亮之后还躺在床上，这样的习惯本就够奇怪的。这完全是一种怪毛病，是现代制度对旧日健康生活所做的最愚蠢的改变之一。要不是我的精力不足以应付这样巨大的变动，我宁愿日出而作，日落而息。十有八九，我的健康水平会大有提升，而生活的乐趣无疑也会增加。

　　旅行中，我偶尔会看日出，不同于其他自然现象在我身上激起的感觉，它总是带给我狂喜。我记得地中海的黎明，在柔和的晨光里，在不断变幻的色彩中，岛的样子慢慢显现，最终漂浮在一片明亮的海里。而在群山中——高高的山顶上，它一会儿是冷冽的白，一会儿又在女神玫瑰色手指的触碰下，散发出柔和的光芒。这些，我再也看不到了；事实上，这些东西在我的记忆里是如此完美，以至于我害怕因为新的体验而使它们模糊不清了。我的感官越来越迟钝了，已大不如前。

学生时代多么遥远啊！那时候我发现了一种乐趣——在别人仍睡着的时候早起，然后溜出宿舍。我的目的很单纯：我早起只是为了做我的功课。我可以看到长排的教室被晨光照亮，我可以闻到教室的气味——书本、黑板、地图，以及不知道什么混合的味道。我有一个独特的习惯，就是早上五点钟可以兴致勃勃地学习数学而其余时间就很厌恶它。打开书本，翻到让我害怕的章节，我就会对自己说：来吧，今天早上我一定要解决掉这个问题！如果别的孩子能理解它，为什么我就不能？在某种程度上，我成功了，只是在某种程度上而已。那里永远有一道界限，是我的能力所不能及的，无论我如何努力，终是难以逾越。

早在我住阁楼的时代，我就不大早起了，除去有一年——或者说是十二个月间的大部分月份里——因为特殊原因，我常在五点半起床。我负责"指导"一个参加伦敦预科考试的人，他是做生意的，唯一方便的学习时间是在早餐之前。我那时住在汉普斯特德路附近，我的学生住在骑士桥，我们约定好每天早上六点半见面，而如果快走，路上大约要花一个小时。我那时没觉得这安排有什么大不了，倒是很高兴能赚这样一笔小钱，能够让我整日写作而不必担心饿肚子。可这里有一个不便之处——我没有手表，我知道时间的唯一途径是听取附近的钟声。通常来说，我都是自然醒，钟敲五下，我就起来了。不过，偶尔在那些昏暗的清晨，我的守时习惯就被打破了，我会听到钟声在某个时辰敲响，却迷迷糊糊，不知道是醒得太早了还是睡得太久了。对无法守时的恐惧总是让我抓狂，让我没法躺着等待。不止一次，我穿上衣服，走到街上，努力弄清时间。我清楚地记得，这样的历险曾有一次发生在凌晨两三点，当时细雨蒙蒙。

偶尔，在抵达骑士桥那边的房子时，我被告知那位先生太累了，无法起床。这与我关系不大，因为这并不意味着会扣钱。我走了两小时的路，感觉也很好。然后，我坐下来吃早餐——不管我有没有完成自己的教学任务！早餐是面包、黄油与咖啡——哎呀，这咖啡！我狼吞虎咽，吃得像个干苦力的。我雄赳赳气昂昂地走在路上时，一直在想一天的工作。因了这些轻快的运动与适宜的饥饿感，清晨的大脑清醒而有活力，发挥了最好的作用。咽下最后一口后，我在写字台前坐下；是的，我在那里坐了七八个小时，中间有一小段吃饭时间。全伦敦只有寥寥几人在这样工作，带着快乐、热情、希望……

是的，是的，那是些美好的日子。它们转瞬即逝，不论在那之前还是从那以后，只有忧虑、苦难和种种忍耐。我一直对骑士桥的那位先生心怀感激，他给了我健康的、几近平和的一年。

昨天，我信步走了一整天，只是一个又一个小时漫漫地游荡着，这纯然是一种享受。这场漫游终止于托普瑟姆，我坐在教堂墓地的小斜坡上，看着暮色如潮，自辽阔的河口涌起。我极爱托普瑟姆以及那个墓地，喜欢遥望那算不上是海又不只是河流的地方。那是我所知道的最安逸的地方之一。当然，我的心绪与老乔叟[1]也不无关系，他提过托普瑟姆的水手。回到家时我非常累，但尚未虚弱不堪，对此我心怀感激。

　　拥有一个家的幸福无以言表！尽管我整整想了三十年，却从不知晓当确信一个人可以永远待在家里时，自己会有怎样深切而强烈的快乐。我一次又一次回到这个想法上：除却死亡，没有什么能把我赶出我的住处。我愿意学着将死亡当作一个朋友——它只会强化我此刻感受到的平静。

　　当一个人在家时，他对周遭一切事物的情感会与日俱增！我总

---

1 乔叟（约 1343—1400），英国小说家、诗人。代表作有《坎特伯雷故事集》。

是对德文郡的这个角落心怀好感，但与如今在我心中逐日增强的爱相比，那又算得了什么呢？从我的房子开始，一砖一石都如同我的心血一样珍贵。经过门柱去往花园大门的时候，我会亲切地把手放上去，拍一拍。花园里的每一棵树、每一丛灌木都是我挚爱的友人；需要时，我会非常温柔地触碰它们，仿佛不小心就会弄痛它们、会粗暴地伤害到它们。如果散步时拔掉一根杂草，我会带着一种悲伤看看它，然后才扔掉它。毕竟它是一根我家的草。

还有周围的所有乡村。这些村庄，它们的名字真好听！我发现自己饶有趣味地读了埃克塞特报纸上所有的本埠^{bù}新闻。我并不关心那些人——除却一两个例外，那些人对我来说毫无意义，而且我越少见到那些人就越高兴，但这些地方对我来说却越来越亲切。我喜欢了解发生在希维特里、布拉姆福德·斯佩克或者牛顿·圣西雷斯的任何事情。我开始骄傲于自己能够知晓周围几英里的每条公路、每条巷子、每条马路与每条人行道。我乐意了解农场和田野的名字。而这一切皆因这里是我常住的地方，是我永远的家。

在我看来，我家上空经过的云都要比别处的云更有趣、更美丽。

想想，我曾一度自称为一个社会主义者、一个共产主义者——或者任何你所谓的革命者！可以肯定的是，这是不久前的事情，而且我怀疑我嘴里说出这种话时，内心总有什么在嘲笑我。为什么呢？因为没有人比我对财产有更深刻的认识，没有任何一人比我更像一个彻头彻尾的个人主义者了。

在这个炎热的夏季，我有一种奇怪的感觉。我想起有人自愿选择在城市里日夜奔波，在客厅里喋喋不休，在公共食肆里大吃大喝，在剧院的灯光下挥汗如雨。他们称之为生活，他们称之为享受。为什么呢？因为对他们来说就是这样，他们就是这样的人。愚蠢的是，我竟为他们这样实践自己的命运而感到惊异。

但是，我怀着多么深切、多么平静的感激之情提醒自己，永远不要跟那群衣冠楚楚、光鲜亮丽的人混在一起！幸运的是，我没怎么见过他们那种人。记得有几次，我因所谓的需要被带进了他们阴暗的辖区；脑中有一种病态的嗡嗡声，一种四肢疲惫的倦怠感随着记忆而来。当一切结束，我重新走上街头，才如释重负。我珍视贫穷，它似乎暂时让我成为一个自由人。我珍视我桌前的劳作，比较起来，它能让我获得自尊。

我再也不会与那些并非我真正朋友的男男女女握手了。我再也不会去见那些我不了解的泛泛之交了。四海之内皆兄弟吗？不，谢天谢地，并不是。如果可以，我不愿伤害任何人，我希望对所有人心怀善意；不过，理所当然地，我不会假装自己感受到了实际上并无法感受到的个人善意。对许多我鄙夷或是打心底里想避开的人，我曾付之怪笑或者说过一些毫无意义的话，这样做是因为我没有勇气做自己想做的。能意识到有这种弱点的人，最好从这世界里退出。勇敢的塞缪尔·约翰逊！一个这样讲真话的人，比得上所有曾为教化人类而努力的道德家与传教士。如果他归隐，那将是国家的损失。他的每一句直率无畏的话都比一个胆怯的好人讲出的一整本《福音书》更有价值。无论大众穿得多好，都应该被如此对待。愚夫或者穿着呢子大衣的流氓很少能得到公正的称呼，有权利这样称呼他们的人也不大能遇到。争来吵去对我们都没有好处，回一句"你也一样"[1]完全是徒劳。然而，世界就是这个样子，诚实聪明的人就应该有条毒舌。让他说吧，一个不要饶过。

---

1 原文为拉丁语。

14

　　抱怨英国的气候是愚蠢的。对健康的人来说，不存在比英国更好的气候。判断一种气候一般还得以健康状况良好的本地人为参考。病人无权对天空的自然变化大放厥词，大自然的眼里没有他们；就让他们——如果他们能够——根据自己的特殊情况寻找特殊环境吧。留下的百万强健男女，自然顺应着季节变换，在四季的流转里获益。相比别的岛屿，我们这座岛屿的气候算好了；它不极端，通常温和，哪怕是在它变幻无常的时候。即便在最坏的情况下，它也给你留有希望。有谁能像英国人那样，享受春夏秋冬的好日子呢？他总是谈论天气，就证明大多数天气都让他喜欢。只有在一片单调蓝天的地方，甚至在气候条件明显恶劣的地方，这样的话题才聊不下去。因此，尽管我们有不少糟糕的日子，尽管烈风扑面，尽管雨雾侵袭关节，尽管太阳总是躲在云后、久不见天日，但很明显，一切的结果还是好的：在多变的天宇之下，一种狂热之情被唤起，驱使我们对户外生活葆有强烈的热爱。

　　当然，像我这样的软弱者，抱怨天气只会招来同情。今年七月，

阴云密布，狂风大作，即便德文郡这里也很阴冷；我焦虑、发抖，喃喃自语着关于南方的天空。噢，如果我跟我这个年纪的那些普通人一样，那我应该阔步走过哈尔登，对阴沉沉的天空毫不在意，为缺失阳光找到其他补偿方法。我就不能有耐心吗？难道我不知道，在某个清晨，东方会像花蕾一般绽放出温暖与光辉，而头顶的蔚蓝天空也会因为我久久的失望，给予我严寒中的身躯更多慰藉？

我一直在海边——是的，享受大海，然而我却步履蹒跚、老态龙钟！曾经喝风如饮酒，兴高采烈地在湿漉漉的沙滩上狂奔，赤脚在光滑的海草上从一块岩石跳到另一块的那个人；曾经从汹涌的海浪中一跃而出，在闪亮的泡沫中欢呼的那个人，是我吗？在海边，我不知道什么是坏天气，变幻莫测的只有热望的心与热血的生活。如今，若微风吹得太猛烈，若下起了豪雨，我必得找地方避一避，披着斗篷坐下来。这不过是一次新的提醒，提醒我最好待在家里，只在回忆中旅行。

在韦茅斯，我享受了由衷的大笑，这是中年之后难得的好事之一。一艘沿海岸线航行的轮船上贴了一则布告："配有厕所以及女士酒吧。"想想有多少人看了这个能不笑呢？

在过去十年里，我在全国各地见过大量的英国旅馆，我惊讶地发现它们是如此糟糕。只有偶尔发现的一家旅馆（你喜欢的话，也可以叫酒店）多少还可以让我感到舒适。更多时候，连床都不尽如人意——要么是大而无当的床，被床帘遮住；要么是硬邦邦的，还铺得薄。家具一律是丑的，要么没有任何装饰（最安全的做法），要么糟糕的品位处处强加在你的身上。一般来说，饭菜很粗糙、质量很差，胡乱地就端给你了。

我经常听说，骑行导致了路边旅馆的复兴。也许是这样吧，然而，骑行者似乎很容易满足。除非我们被那些老作家骗了，在他们笔下，以前的英国旅馆可是令人愉快的度假胜地——非常舒适，供应美味佳肴，当然，你也会受到热情礼貌的欢迎。如今的乡镇旅馆完全不再是那种古老意义上的旅馆了，它们只是酒馆，老板的主要收益来自卖酒。要是愿意，你可以在这个屋檐下吃饭、睡觉，但他们还是期待你喝喝酒。然而，即便是喝酒，也没有像样的地方。你会发现所谓的"酒吧"不过是一个又脏又闷的房间，摆着几把怪怪的椅子，只有喝得烂醉如泥的酒鬼才能觉得自己在这里自在得很。如果你想写信，只能用最差的笔、最差的墨。即便在许多旅馆的"商务房"里也是如此，虽然这些旅馆似乎要靠这些商务人士的光顾来维持。事实上，整个旅馆经营不善，差劲得令人难以置信。最让人感到愤怒的是，旅馆拥有一座古老而优美、能让你想到一些良好传统的房子，本可以把它弄得舒舒服服，让它成为一个供人休息享乐的地方，他们却毫不称职，使这样的房屋不复存在。

在酒馆里，你期待酒馆的礼仪，而在多数所谓的旅馆或酒店里，你见到的也不会比这更好了。让我惊讶的是，哪怕是假装礼貌的情况也很少出现。一般来说，老板和老板娘不是高傲轻慢就是轻狎不羁；服务员漫不经心地干着自己的活计，只有在你离开的时候态度才会缓和一些，屈尊关注你，如果他觉得小费不够，就会用讥笑或低声侮辱送你上路。我记得在一家旅馆，有一个上午我不得不进进出出两三次，却总是发现前门被老板娘与酒吧女招待两人肥硕的身躯挡住，她们就站在那里聊天，打量着街道。从屋里出来，我不得不请求予以通行。她们深思熟虑了一番，总算是同意了我的请求，且没有一句道歉的话。这就是苏塞克斯集镇上最好的"旅馆"。

还有食物。毫无疑问，这方面相比以前有严重的倒退。你无法想象从前那些坐马车的旅行者会满足于如今乡村旅馆餐桌上的那些招待。烹饪通常都很糟糕，肉类与蔬菜的质量连平均水平都达不到。什么！在一家英国旅馆里，想要一份实打实的肉排或牛排，都不可能了吗？因为上的只是一些筋肉与排骨，我的胃口一次又一次地受挫。在一家午餐收费五先令的旅馆里，我被黏糊糊的土豆与多纤维的卷心菜弄得一阵恶心。肋骨、西冷肉、牛腿肉、牛肩肉在烤箱里烤焦了，成了一种劣质的、没营养的、干瘪的东西。至于牛后腿肉，就像消失了一样——可能因为在腌制它时需要太多技巧了。再说说早餐培根，我花了能买到顶级威尔特郡烟熏培根的钱，结果端上来的东西令人无法忍受，还散发着硝石的气味！谈论那些毒茶与淡咖啡只是为了放纵一下，出出心里的怨气，人人都知道在公共餐桌上是别想喝到好饮品的。然而，假设你真有理由对自己手上的一品脱啤酒不满意，又能怎样呢？通常，本地啤酒厂出来的酒还是好喝的，让人有精神，但也有令人痛苦的例外，而毫无疑问，就像在其他事情上一样，这种粗制滥造的趋势——如果并非蓄意的欺骗——已经呈现出来了。我预见，终有一天英国人将忘记如何酿造啤酒，那时候人们只会安于喝慕尼黑的进口啤酒了。

有一次，我在伦敦的一家餐馆吃饭——不是人们经常去的那种大餐厅，而是模式相同的、开在一个安静社区里的小店。这时，有个人进来在邻桌落座。这是一个年轻的工人，从穿着来看，他应该在度假。我一眼看出，他感到很不自在；他环顾长长的房间与面前的餐桌，心中充满疑惑。服务员上前递给他菜单，他茫然地盯着，带着羞怯的困惑。肯定是一些意外之财怂恿他第一次进入这样的地方；而现在，虽然他在这里，但他衷心希望自己回到外面的街上。不过，在服务员的建议下，他点了一份牛排与蔬菜。菜端上来后，这个可怜的家伙完全不知道如何下手：刀叉的陈列、菜肴的摆放、酱汁瓶与调味瓶架——毫无疑问，尤其是不属于他这个阶层的那些人，以及被一个穿着长衫的人伺候这种罕见体验——都让他窘迫。他满脸通红，无比笨拙、无比低效地努力将肉送到盘子里。食物就在眼前，但他就像坦塔罗斯[1]一样无法享用。我小心翼翼地观察

---

1 坦塔罗斯，希腊神话人物。因触犯主神宙斯被打入冥府受罚。他想喝水时，水便退去了；他想吃东西时，大风便将果树上的果实吹走。

着，终于看到他掏出口袋里的手帕铺在桌子上，却因为突然用力过猛，将肉从盘子里叉到了手帕上。这一次服务员意识到了客人的难处，就走过去跟他说了一句话。年轻人被激怒了，粗声粗气地问要付多少钱。最终服务员拿来一张报纸，帮他打包了那些肉与蔬菜。扔下钱后，这个错付了雄心的受害人匆匆离去，到一个他不那么陌生的环境填饥去了。

这是社会差异的一个惊人且令人不快的例子。这样的事除了发生在英国还会发生在别的国家吗？我很怀疑。这位受害人相貌堂堂也颇为克制，本可以像其他人那样默默在餐馆里用餐。可他所属的阶层天生就比世上其他阶层笨拙，无法适应新环境。英国的下层阶级需要以某些特殊的美德来弥补他们在其他方面的不足。

很容易理解外国人对英国人的一般判断。作为一个陌生人，在英国闲逛，乘火车、住旅馆，就只能泛泛地看到公共的一面，得到的印象大约是自我主义、粗暴、阴郁的其中一种；总之，一切都与社会和公民生活的理想构成强烈对比。然而，事实上，没有一个国家的社会和公民美德达到了如此高度。不合群的英国人，真是这样吗？啧啧，世上有哪个国家能为了共同利益，在各阶层中——尤其是在聪明人之间——展示出如此多样、积极、友好的合作？不合群！啧啧，在英国任何地方，你都很难找到一个男人——是的，如今一个受过教育的女人是稀缺的——不属于某个联盟，只为学习或运动、市政或国家利益；你能看到他在闲暇时间里作为一个社会人的尽心尽力。以所谓的"沉睡的集镇"为例，它充斥着各种形式的联合活动，这些活动完全出于自愿，由热心联络而形成，在那些被认为非常"社会化"的国家，这是做梦都想不到的。善于社交并不是说随时准备好与前来的人大谈特谈，它并不依靠天生的优雅与谦逊，事实上，倒与彻底的笨拙、与所有粗暴的举止相容。无论如何，在过去的两个世纪里，英国人一直不大去做纯粹的礼仪式社交或者场面社交，但涉及诸如健康与舒适、身心幸福这些公民的每一项核心利益时，他们的社会本能是至高的。

然而，要将这一不争的事实与另一个同样明显的事实——普通英国人似乎毫不亲切——调和起来，是如此困难。从一个角度看，我钦佩并赞扬我的同胞；从另一个角度看，我打心底里不喜欢他们，希望尽可能少见他们。人们习惯于认为英国人是一个和善的民族。他们在这方面丧失了什么吗？科学与赚钱的时代对国民性格有明显影响吗？我总是想到我在英国旅馆的经历，在那里，你不可能感受不到人情世故的残忍冷漠；在那里，人们漫不经心地把食物塞进嘴里，习惯性地往肚子里灌酒；在那里，甚至善意的搭讪都罕见到引人注目。

有两件事需要牢记在心：高雅的英国人与粗俗的英国人在行为举止上存在着巨大的差异；除非在最适宜的境况下，英国人才会显露真实的自我。

阶级与阶级之间的行为举止差异如此之大，以至于草率的观察者很可能以为他们的心灵与性格具有同样根本的差异。我想，在俄罗斯，人们可以看到社会的两极分化是很大的。然而，除了这个可能的例外，我觉得没有哪个欧洲国家能像英国绅士与英国粗人一样显露出这样巨大的鸿沟。当然，粗人是多数，给旅行者留下印象的都是那些粗人。当他们不在眼前时，我们自然可以对他们公正一些。我们可以记得，他们的美德——虽然是基础的，严格来说还需要一些引导——很大程度上与那些受过良好教育的人是一样的。他们并不能单独代表一个国家,虽然看起来如此。要理解这群人,你必须忍受他们令人难以忍受的举止,才能了解到优秀的公民素质与几乎完全令人厌恶的个人举止是可以相容的。

那么,说到受教育者那种固执的沉默,哎哟,只需要看看我自己便可以。是的,我不是那种具有代表性的英国人。我的自我意识,我的习惯性沉思,倒是模糊了我的民族与社会特征,但把我置于大众的几个样本之间,我难道不是马上就意识到那种本能的反感,意识到那种自我退缩,意识到那种类似蔑视的东西了吗?而这些不正是偶然遇到几个英国人的那些外国人所控诉的吗?我的特殊之处在于,我努力去克服这种最初的冲动——这种努力常常是成功的。就我对自己的了解而言,我并非一个不和善的人,但我非常确信,许多刚认识我的人会说我的缺点就是不够和善。要展现真实的自我,我必须得在心情与环境都正好的情况下——这就等于说,哦,说到底,我还是个英国人。

我的早餐桌上有一罐蜂蜜。不是在商店里售卖的、被称之为蜂蜜的人造玩意儿，而是蜂巢里的蜜，它是附近一个农夫带给我的。他的蜜蜂常常在我的花园里嘤嗡。我承认，它悦我的目甚于我的舌，但我喜欢品味它，因为它是甜蜜。

　　约翰逊说，有学问跟没学问之间的差别可大了，堪比活人与死人之别；从某种程度而言，这也不算夸大之辞——只要想想人们对寻常事物的看法是如何受到文学联想的影响的。如果我对伊米托斯[1]与海布拉[2]一无所知，脑中没有诗歌储备，也没有浪漫的记忆，那么蜂蜜对我而言是什么呢？假设我是个城镇里的人，这名字可能给我一些带有乡土气息的愉悦；但如果乡下对我来说只是玉米、蔬菜与草，就像对一个从未读过书且不想读书的人来说一样，那它也没有什么意义。诗人确实是创造者：在拘谨者所践踏的感官世界之上建

---

1 伊米托斯，希腊东南面的一座以养蜂闻名的山。
2 海布拉，西西里岛的一座古城，盛产蜂蜜。

造出他自己的世界，召唤着无拘无束的心灵。为何看到黄昏的蝙蝠
在我窗前飞舞，或者万径俱黑时听着鸮^{xiāo}号，我会感到喜悦呢？我或
许厌恶蝙蝠，而对鸮，我或许带有隐约的迷信，或者根本无所谓。
可它们在诗人的世界里皆有自己的一席之地，且带我超越了空落的
此刻。

有一次，我在一个小集镇过了一夜。到那里时我已经很累了，就早早躺下来。我马上睡着了，却很快被不知什么东西给吵醒了。只听黑暗中响起一种声音，待我脑中稍作清澄，便明白这是教堂轻叩的钟声。哎呀，这是几点钟了呢？我划亮火柴，看了看手表，是子夜。然后，我便感到身子暖乎乎的。"我们听到子夜的钟声了，夏洛！"[1]在那之前，我从未听到过。我过夜的这个镇，便是伊夫舍姆，距离埃文河边的斯特拉特福德只有几英里。如若那些午夜的钟声在我听来并没有什么与众不同，而我因为它惊扰了我的梦而大骂起来，又会怎样呢？——约翰逊并没怎么夸张。

---

1 这是《亨利四世》里的台词。作者所处的小镇斯特拉特福德正是剧作家兼诗人莎士比亚的
  故乡。

正值维多利亚女王钻禧庆典。山上篝火熊熊，让人想到阿伽门农城堡的守望者（虽然在这里，想到伊丽莎白女王与西班牙无敌舰队才是正经事）。尽管我希望这场喧哗能愉快地结束，但我与其余人一样能看到其中的好处。英国的君主制，如我们现在所知道的，乃是英国人在常识上的胜利。如果没有君主是不成的，如何让这个君主权位同最大程度上的民族与个人自由共存无碍呢？无论如何，我们已经暂时解决了这个问题。当然，只是暂时，但考虑到欧洲历史，我们的欢庆也是有道理的。

六十年来，不列颠共和国一直坚持在一位首相的领导下走着自己的路。有一种反对的说法，说其他那些频频更换总统的共和国在保证君主权威的同时，让民众付出了更小的代价，这扯得有点远了。英国人愿意他们的国家元首被称为王或者女王，他们乐于听到这样的称号；与此相应的是一种被模糊理解却依然行之有效的大众情感，即所谓的忠诚。大多数人都是这样想的，而且发现这个体系运转得很好，那么尝试新制度又能达到什么目的呢？国家愿意付出这个代价，这是国家的事情。何况，谁又敢肯定变更为某种共和制国家就一定对大众有好处呢？我们发现那些做过此类实验的国家，在政体与国家福利方面比我们更稳定安宁，做得更好吗？理论家们嘲笑徒有其表的形式，嘲笑经不起检验的特权，嘲笑那些听起来可笑的妥协，嘲笑似乎可鄙的服从，但麻烦这些理论家们来提出一个可行的计划，让所有人都能够保持理性、一致、公正。我想，英国人在这些方面并没有出色的天赋。从政治上讲，他们的力量在于对权宜之计的认知，并辅以对既定事实的尊重。对他们而言，特别清楚的一个事实是，通过几代人一点一点的努力，在这个海洋王国里建立起来的政治体系很适合他们的思想、脾性和习惯。他们与理想无涉：他们从不苦心孤诣地去思考人的权利。如果你同他们（长久地）谈论农夫、商店主或者猫粮店员的权利，他们会洗耳恭听；而且，在任何此类事实被验证后，他们都会找到一种处理方式。这一特点，被他们称为常识。对他们而言，这常识可以作用于一切，乃至可以说，世界上的其余国家也从中受益不少。说真知灼见让他们更加受益，完全是不得要领。英国人处理事情该怎样就怎样，而最首要的就是接受自己的存在。

这庆典宣告的是平民的合理之胜。回顾过去的六十年，谁会怀疑英国人民的物质生活得到了那么多改善？他们相互之间常生争执，却从没有自相残杀，而每一次严肃的争执都带来一些实实在在的收获：他们是一个更干净、更庄重的民族；每一个阶层里的野蛮行径皆在减少；教育——不管它代表的是什么——已经明显拓开了；

某些专政已被废除；某些因为疏忽或者无知造成的灾祸也已大减。诚然，这都不过是些细枝末节，它们能否表明文明有了坚实的进步，尚不能确凿。不过可以肯定的是，大部分的英国人有理由高兴，因为这个时代的种种进步是他能理解的，是他认可的，而投射在其道德层面的疑虑对他来说，要么不存在，要么无法理解。那么，就让所有山巅的火炬闪耀夜空！这不是花钱买来的欢呼，也不是奴颜婢膝的奉承。这是人民自己的欢呼，对于他们的荣耀与权力的代表，他们并非没有真挚的感激与爱戴。宪法条约有被好好维持着。看看各个王国的历史记载，君民同庆、不流血的胜利，能说出这些的又有几个呢？

有一次在一家北方旅馆里，我曾听三个人在早餐时谈论饮食问题。他们一致认为多数人都吃了太多的肉，其中一个甚至宣称，他自己更喜欢蔬菜与水果。他说："哎呀，你们信吗？我有时候会用苹果做一顿早餐。"这一番话引起了一阵沉默，显然，那两位听众不是很清楚该作何回应。于是说话者用一种相当浮夸的语气高声说道："是的，我可以用两三磅苹果做一顿很棒的早餐。"

这不好玩吗？这不是很有特点吗？这个诚实的英国人过于坦诚了。喜欢蔬菜与水果到一定程度没问题，但用苹果做早餐！他同伴的沉默证实了他们的尴尬：他的自白里带有贫穷或者吝啬的意味。为了纠正他们对自己的错误认识，最好的办法就是作一个声明，说他吃苹果，是的，但不只是吃一两个；他大吃特吃，成磅地吃！我觉得这家伙真好笑，但我很理解他。每个英国人都会这样，因为我们骨子里憎恶吝啬。这一点以各种可笑或可鄙的形式表现出来，但我们最优秀的品质也来源于此。一个英国人最渴望的是阔绰地过日子；为此，他不仅害怕贫穷，而且憎恨又鄙视贫穷。他的长处，就是那些慷慨热心的有钱人的长处；他的短处来自那种自卑感（极其令人痛苦与羞辱），这种自卑感是附在无法给予、无法花钱的人心里的。一个人失去牢靠的地位，也就失去了自尊，大部分恶行便由此而生。

对于有这样性情的国家而言，走向民主的运动带着特殊的危险。英国人对贵族有着深深的共情，他们永远能在贵族阶层那里看到社会层面与道德层面的优越。对英国人而言，贵族是美德与潜能——有价值的人生理想——的鲜活代表。贵族与平民间的友好联盟自古以来就很重要——一面是自由骄傲的敬意，一面是豪侠的捍卫，双方都为自由事业一起努力。平民百姓无论为维护贵族的权力与荣耀做了怎样的牺牲，都是心甘情愿的。这是英国人的宗教，是他们与生俱来的虔诚。

即使在某些人最愚钝灵魂的深处，也涌动着与贵族身份相关的、对伦理意义的感知。贵族是有特权的人，天生慷慨且有能力在行动中展现出来。落魄贵族是一种自相矛盾的说法，如果有这样的人存在，我们讲起来总是带着令人惊异的悲伤，仿佛他是一种怪异天性的受害者。贵族是应受尊敬的，是"阁下"，他的一言一行实际上构成了这个国家赖以生存的荣誉准则。

在大洋彼岸的新世界里，成长起来一个新的种族，它是英国的后裔，但它所形成的生活不涉及世袭贵族原则；渐渐地，此种共和国的胜利开始动摇母国的一些理想。尽管有极大的相似性，其文明却非英国的。

那些认为它更优越的，就让他们说去吧。我要说的是，它大体展示了在摆脱往日的崇拜之后英国血统的自然趋向。有些人在庞大的共和国影响下只看到了坏处，这也是容易理解的。如果它对我们有好处，可以说这事实尚未得到展示。

在旧时的英国，民主对我们的传统、对我们根深蒂固的情感来说如此陌生，以至于它的发展轨迹到目前为止似乎只是一条毁灭之路。在这个词中，有某种让我们望而却步的东西，它似乎意味着一个民族的变节，意味着对信仰的拒绝——那信仰曾让我们获得荣耀。民主的英国人，依其本性，是处于危险之中的。他借以引导自己粗鲁、浪荡、跋扈^{hù}本能的理想，已经失却了。那些生而高贵的"阁下"被平民取代了——多半都是天生卑下的人，看上去大大咧咧、很自信，实则心怀疑虑。

我们面前的任务并不轻松。我们能在失去这个阶层的同时保留它所体现的理念吗？我们英国人如此受制于物质，又怎么能从这种旧束缚里解放出来，在精神生活领域里守护其意义？我们不再用毕恭毕敬的眼光看待那些旧日的象征了，而通过它们，我们能学会从灰头土脸的大众里拣选出"从上帝那里直承贵族资格"的人，并将其置于更高尊位吗？这关乎英国的未来。

在过去的时代里，就连我们的"势利鬼"也用他们的方式证明着我们对卑劣的蔑视。至少他想的、他所要模仿的不是那种有卑鄙下流行径的人。可我们也注意到了，"势利鬼"也在日渐堕落：如今他有了新榜样，讲话更粗鲁。无论他怎么变，却总是与我们如影随形。观察他的习惯，也就能看出时代的要旨。如果他的内心深处没有一种鲜活的理想能让他的蠢行也显出一种丰富的意义，那么就真的是要"请执政官注意了"。

N来访了。他跟我待了两日，我希望他能再待一日。（超过三日，我不确信是否还有人能得到全心全意的欢迎。我的体力不能支持无休止的交谈，即使是很愉悦的交谈，不一会儿我就渴望孤独，孤独是一种休息。）

且不说跟N谈话，只是见到他，我便觉得好极了。如果光从外表来判断，没有几个人从生活中得到的乐趣能比他更多。他从来没有受过什么大苦，他的健康与精神也都没有因此受过什么影响。或许正如他自己说的，"历经磨炼"后，他处处皆成了更优秀的人。他回忆自己曾为了五英镑而努力，且还不确凿能否真的如愿以偿。对比现在的悠闲自在，这有点儿忆苦思甜的意思。我劝他谈谈他的成功，也让我一窥成功在金钱上的意义。截至上一个仲夏日 [1]，他十二个月的收入超过两千英镑。当然，考虑到有些人靠笔杆子赚到的钱，这没什么了不得，但对于一个从来不媚俗于庸众的作家来说，

---

1 英国的结算日之一。

这已是极好了。两千英镑一年！我惊讶又钦佩地注视着他。

我很少认识有钱的文学人士，N 于我，代表了在文学上成就最高、最亮丽的一面。无论一个人在经历了一生的幻灭之后会说什么，凭诚实与实力获得大笔收入的创作者总是值得羡慕的少数人之一。想想 N 的生活。他所做的事情别人做不来，而他轻松就做到了。一天工作两小时，最多也就三小时，还不是天天这样——这样对他就够了。像所有写作者一样，他也有写不出来的时候，也有精神的烦闷，也有失望，但与快乐高效的工作时间相比都不算什么。每次见到他，他好像看起来都更年轻一点，因为近年来他的运动量大增，且他经常旅行。他为自己的妻子与孩子感到幸福，想到自己能为他们带来的所有舒适与快乐，他就止不住地开心。即便他去世了，其家人也衣食无忧。他友人满天下，永远高朋满座；他在远近那些令人愉悦的宅子里都受到欢迎；那些说话有分量的人对他赞不绝口。尽管如此，他依然保持清醒，避免跌入昭昭险境；他依然保有自己的隐私，似乎也没有被好运宠坏的风险；他的工作对他而言不只是一种赚钱的手段；他谈论起手头的一本书，精神饱满、思维敏捷，一如从前年收入不过几百英镑的那个时候。我还注意到，他的闲暇时光并没有被现在的出版物所淹没；他看的旧书跟新书一样多，并保持着最初的热情。

他是我衷心喜欢的人之一。虽然我不认为他很在意我，但这又有什么关系呢？他喜欢来找我，为此专门来了一趟德文郡，这已经足够了。当然了，对于他，我代表着逝去的日子。故此，他将永远对我感兴趣。他比我小十岁，自然会把我当成一个老家伙，事实上，我注意到有时候他有一点过于恭敬了。对于我的一些作品，他是心感钦佩的，但我敢肯定，他是觉得我停笔恰逢其时——这倒是真的。如果我不够幸运，如果此刻我还在为挣得一口面包而奋力，我与他不太可能经常见面。N是敏感的人，他断然不会光鲜亮丽地出现在颓唐阴郁的落魄作家面前；而我呢，若想到他只是为了礼节而与我来往，也会厌烦的。实际上我们是很好的朋友，相处很自如，而且这几天的见面与谈话真的很开心。我能够给他提供一间舒适的卧室，为他摆上可口的晚餐，这让我很自豪。如果我什么时候接受了他真心的邀请，我一定是问心无愧的。

两千英镑！如果我在N这个年龄就有这样的收入，我会怎样呢？只会好不会坏，我知道，但会好到什么程度呢？我会成为一个交际者、宴请人、俱乐部会员吗？或者不过是早十年过上现在的生活？多半是后一种。

在我二十多岁的时候，我常对自己说：要是能有一千英镑，那多了不起啊！唉，我却从没有过那么一大笔钱——或者差不多有过那么一笔——而往后也不会有了。然而，我想这都不算什么过分的野心，无论它怎样简单。

我们在黄昏的花园里坐着，烟草与玫瑰的香气交融在一起，N笑着说："那么告诉我，当你第一次听到你获得了那样一份遗产时，是什么感受呢？"我无法告诉他，也没什么可说的，关于那一刻我没有任何鲜活的回忆。我估计N以为自己莽撞了，因为他很快转移到了另外的话题上。现在想来，我明白了，生命中紧要时刻的感受当然难以用言语形容。攫取我的并非欢喜，我没有狂喜，也没有任何形式的失控。可我记得自己长舒了一口气，仿佛一下子从一些痛苦的负担或者束缚里解脱了出来。只是，在几小时后，我才开始感受到某种激动。那天晚上我没有合眼，之后的那个晚上，是我二十年来睡得最久、最香的一次。最初的一周里，我有一两次歇斯底里的感觉，忍不住想流泪。而奇怪的是，这似乎是很久之前的事了——似乎我成为一个自由人已经很多年了，而不是只有两年。确实，这就是我经常想象的所谓的真正幸福。短暂的幸福与长久的幸福一样令人满意。我曾想要在死前享受无忧无虑的自由，然后在喜欢的地方安息。我已获得了恩赐，即便只得了一整年，我所享受的幸福总量也不会比体味十年所得的少。

　　来我园中掘土的老实人对我的怪癖感到迷惑。我常常在他打量我的眼神中捕捉到一种奇怪的猜测。这都是因为我不让他按照通常的方式布置花圃，不让他把房前那块地弄得整洁好看。起初他把这归结为吝啬，但现在他知道不可能是这个原因。他无法相信，我宁愿要一个让每个住在乡间的人都感觉羞耻的、平平无奇的破花园。当然了，我也早就放弃为自己解释。这位好心人可能得出结论，太多的书以及习以为常的孤独，多多少少地影响到了他所谓的我的"理智"。

　　我唯一关心的园中花是颇为老式的蔷薇、向日葵、蜀葵、百合等。而且我喜欢看它们自由生长，仿佛野生的那样。一方面，精修和对称的花圃是我所不喜的，且这种花圃中的多数花——那些名字怪异的杂交品种——在我看来挺刺目的。另一方面，花园即是花园，我也不想将路边或者田野里那些给我安慰的花草引入人工花园里。比如说毛地黄——如果看到它们这样被移植，我会心痛。

　　我想起毛地黄，眼下正是它们的辉煌时刻。昨天，我去了每年

这时候都会去的那条小路，满是深深的车辙的崎岖小路。路两边是水龙骨的巨大蕨叶，上有榛树与山榆罩着。沿路走下去，一直走到凉爽多草的角落，华贵的花朵长在与我同高的茎秆上。我没有见过比这更美丽的毛地黄了。我想，它们之所以让我如此喜悦，是因为幼时的记忆——对于一个孩子而言，这是印象最深的野花。不论何时我都愿意走许多里路去看这样一丛美丽的花，正如我愿去看水边闪耀的紫色千屈菜，去看漂浮在静潭上的白百合。

不过，我与园丁一到房子后面并置身于那些菜蔬中间，便立即心意相通。在此处，他觉得我理智得很。实际上，我不确定菜园是否比花园更能给我带来乐趣。每天早晨早餐前，我都会走一趟，看看事情的"进展"。看到豆荚鼓胀起来，看到马铃薯欣欣向荣，啊！甚至看到萝卜、芹菜长势良好，我都会感到幸福。今年我种了一丛洋姜，它们有七八英尺高，看着那树干一般的茎，看着那些美丽的巨大叶子，我似乎也得了活力。红花菜豆也令人愉悦，它们必须一次又一次被撑起来，否则累累果实很容易就将它们折断了。对我而言，提着篮子，走到其间去采摘，乃一种享受。大自然给予我如此丰富的食物，我觉得这仿佛是大自然在向我展示它的仁慈。空气是多么清新和健康，尤其是如果刚下过一场大雨！

今年我种了一些很不错的胡萝卜——笔直又干净，尖端细细的，那颜色看着就让人欢喜。

因为两件事，我的思绪不时转回伦敦。我想听一听某位小提琴大师的长音，想听一听某种嗓音精致、完美无缺的韵律，还想去看画。音乐与绘画永远对我意义重大，而在这里，我只能于记忆里享受了。

当然，音乐厅与展厅都有不便之处。因为坐在人堆里，周围一些白痴发出的声响，把我对最美妙音乐的欣赏乐趣全毁了。画展看不到一刻钟就让我头疼。"今非昔比了"[1]，以前为了听帕蒂[2]，我在走廊过道里一等就是数小时，一直到音乐会结束，也不曾感到有片刻的疲倦。或是在学院里，我惊奇地发现已经四点钟了，而自早餐之后我就忘了吃东西。事实上，如今凡是不能独自享受的东西，我都不太能喜欢上了。听起来是挺孤僻的，我想象着听到这样的自白时，那些善良的人会怎样评说。说真的，我应该为此而羞愧吗？

报纸上关于画展的文章，我总是要读的，如果是风景画，那就

---

1 原文为拉丁语。
2 帕蒂（1843—1919），意大利女高音歌唱家。

最令人开心了。光是画作的名字便常常能让我高兴一整天——那些名字让我想到海滨，想到河畔，想到对沼泽或者树林的一瞥。不论记者的评论有多无力，他总是带着欣赏的眼光来写这些题材，他的描述带我去往各种地方，是我用肉眼再不会看到的地方。这无意显现的魔法让我感怀，毕竟，这比真的去伦敦观看这些画作本身要好得多。它们不会让我失望，哪怕是最微末的英国风景画画家，我也热爱并尊崇。不过，我会一次看很多，然后又回归旧脾性，疲倦地抱怨起现代生活状况。这一两年里，我抱怨得少了——对我来说这是好事。

最近，我一直想听音乐，一个偶然的机会使我的愿望得以满足。

昨日我有事去了埃克塞特。日落时分我到了那里，处理完事情后，在温暖的暮色里转身回家。在萨仁海，经过一户底层的窗户开着的人家时，我听到了钢琴声——是一双灵巧的好手奏出来的和弦。我停下脚步，希冀着，一两分钟后，琴师弹起来了，是我最喜欢的肖邦的夜曲——我不知道它叫什么名字。我的心狂跳不止。在越来越浓的暮色里站着，悦耳的乐声飘荡在我周围，我狂喜到颤抖。在琴声停止的寂然中，我等待着，希冀新的一曲，但再没有了，于是我就继续赶我的路。

不能在想听的时候听到想听的音乐，对我来说也是好的，否则就不会有像此时偶然出现在我身上的这种强烈的快乐了。我继续前行，忘掉了路程远近，我以为自己仍在半途，其实已经抵家了。我对这位陌生的施主心怀感激。这是我过去常常体验到的一种心境。有时——并非在一贫如洗的岁月里，而是在穷得还算体面的日子里——有人在我租住的房子里弹钢琴，每当这时候，我有多高兴啊！

我说"弹钢琴"——这个词包含了多少意思啊！就我自己而言，我是很宽容的，任何可以被最大程度地解释为音乐的东西，我都表示欢迎与感谢。哪怕是"五指练习"，我时常也觉得聊胜于无。当我在书桌前工作的时候，乐声对我来说总是有益的、愉悦的。我相信，有些人在这种情况下会崩溃，但对我而言，任何乐声之类的东西永为恩赐，它调伏我的思绪，让我的文字风行水上。我有好多书页就是靠它们写出来的，否则，我可能只会陷入抑郁。

不止一次，夜间我走在伦敦的大街上，身无分文，苦不堪言，这时候有音乐从打开的窗子里传来，让我停下脚步，如同昨日那样。我清清楚楚地记得在伊顿广场就曾有这样的时刻。有一夜，我正要回切尔西，又累又饿，沮丧极了。我跌跌撞撞走了一里又一里路，希望自己能在疲惫后睡去并忘记一切。然后，钢琴声响起了——我看到那座房子里正在举行庆祝活动，在之后的一个多小时里，我陶醉其中，而没有一个被邀请的客人能如我这般。当我回到自己可怜的住处，我不再嫉妒，也不再为欲望而疯狂；但当我入睡时，我感谢了那个陌生人，他为我演奏，且予我平静。

今天我读了《暴风雨》。这也许是我最喜欢的剧作，而且我似乎自以为对它烂熟于心了，常常打开书就把它跳过去。然而，再读一遍，我就会发现自己所知的永远都不够，阅读莎士比亚时，永远都是这样；无论一个人活得多久，永远都是这样；只要有力气翻开书，用心去读，永远都是这样。

我愿意相信这是诗人最后的作品，愿意相信他是在斯特拉特福德的家中写成的，每天他都在田野里走一走，那田野是他童年的教师，让他爱上了充满乡野气息的英国。这部剧作是由至高想象取得的成熟果实，是完美的大师之作。对一个以研究英语为毕生志业的人来说，注意到莎士比亚写作的巧妙自如，具有无上的快乐。莎士比亚凭此——仅在文字的运用上——便超越了其他所有人的成就。没有他，那些人原本也都是大作家。可以想象，在《暴风雨》中，他意识到自己有这样的能力：当美妙绝伦的词句，抑扬顿挫、无与伦比的短语，从他塑造的天才人物阿丽尔口中絮絮地说出，他露出了微笑。他似乎在与语言游戏，在语言源头的新发现中自得其乐。从国王到乞丐，各个阶层的人、各种不同心智的人，都借他之口讲述，讲出了仙境的传说。现在，他乐于创造出一个非仙非人的生命，一种介于兽性与人性之间的东西，并以文字赋予其意志。这些文字，有怎样一股潮湿丰饶的大地气息，又有怎样一种如同造物扎根于泥土般的生命况味！我们对此思考得还不够深，我们吝于惊叹，是因为我们欣赏力有限。面对奇迹降临，我们却漠然置之；我们对此几乎熟视无睹，就像面对其他自然奇迹，我们不大停下来端详一样。

在所有戏剧中，《暴风雨》里的片段是最崇高的、令人沉思的。这部剧作展现了莎士比亚对生命的终极看法，所有要总结哲学教义的人都不得不引用它。这其中包含了莎士比亚最强烈的抒情诗、最温柔的爱情篇章，还有对仙境的惊鸿一瞥——我不禁认为它胜过《仲夏夜之梦》的最美之处：普洛斯佩罗向着"山冈、溪流、湖泊、绿林的精灵"告别。这又是一个奇迹，这些事物哪怕重复千万遍依然新鲜如初。无论你阅读它们多少次，它们都如同刚从诗人脑中造出一样，永远新鲜。因为它们是完美的，会让你永远兴致勃勃、无法厌腻；它们的好是无法被品味殆尽的，永远会让你的下一次阅读津津有味。

我为出生在英国而高兴的理由众多，其中之一便是能够用母语阅读莎士比亚。如果我试图想象自己无法与莎士比亚直面相对，只能远远地隐约听他讲，其鲜活的灵魂只能通过艰难的理解才能触及，我只会感到心凉扫兴，感到被剥夺的失落。我常想我是可以读荷马的，且确信若有人真的能欣赏他，那便是我；但我能否有那么一瞬——梦想荷马将他所有的音乐都给了我；梦想他的词句之于我，就像之于古希腊尚存于世的时候在其海边行走的古人？我知道在迢递的时光中抵达我这里的，不过是一声微弱破碎的回响；我知道，若不是因为它混融在那些青春的记忆里，如同世界早期荣耀的微光，它可能还要更微弱。就让每一片大地都为其诗人感到喜悦吧；因为诗人即是大地，是其全部的伟大与甜蜜，是所有那些不可言传的遗产，人们为之生、为之死。我合上书，陷入爱与崇敬中。我是一心一意地转向这位伟大的魔术师，还是转向被他施了魔法的这座岛屿呢？我不知道，我无法将它们一分为二。在这至高无上的声音所唤醒的爱与崇敬中，莎士比亚与英国合二为一。

秋日篇

这是阳光灿烂的一年。月月都是好天气，我几乎不曾注意到何时七月已过，而眨眼就是八月，再眨眼已是九月。要不是看见小路边漫漫的秋日黄花，我都以为现在还是夏天呢。

我最近一心扑在山柳菊上，也就是说，我在学着尽可能地区分、识别它们。我没多大心思去做科学分类，这不符合我的思维习惯，但我愿意给予我散步路上遇到的每一朵花一个名字（宁愿叫"俗名"）。我怎么能满足于说"哦，这是一株山柳菊"呢？比起将黄瓣的花一律称为蒲公英的那些人，这好不到哪里去。我觉得那些花好像因我将它们一一识别出来而特别高兴。我深知自己欠了它们太多，但我起码能对它们分别致意。因为同样的理由，我宁愿说"山柳菊"，而不愿说"山柳菊属"。前面这个词更家常，也就更亲切合意。

2

有时候突然很想读一本书，或者是无来由的、不知其所以然，或者可能只是因为一些微不足道的暗示。昨日黄昏散步时，我经过一处旧农舍。花园门口有一辆车在等候着，我认出那是我们医生的车子。走过去后，我又回头张望。烟囱之上的天空尚有一丝余晖，二楼的窗玻璃上闪烁着一道光。我自言自语："《项狄传》。"然后匆匆回家，翻开一本我敢说有二十年都不曾翻过的书。

不久前的一天清晨，我醒来后突然想到了歌德与席勒之间的通信集，迫不及待地想打开这本书，于是就比平时早起了一个小时——这是一本值得早起阅读的书，远比让约翰逊从床上跳起来的老伯顿[1]更值得。这书能帮你忘掉周遭的闲言碎语，忘掉那些恶毒的喋喋不休，让你对这个"有如许人在其中"的世界怀抱希望。

这些书都在手头，想读随时就可以从书架上取下来。可心血来潮想读的书比较麻烦，常常一时拿不到手，只能惋惜地叹口气，把

---

1 伯顿（1577—1640），英国作家。代表作有《忧郁的解剖》。

想法放一边。唉！那些永远无法再读的书。它们予人快乐，甚或更多；它们在记忆里留下馨香，生命却永远逝去了。我只需沉思一番，它们就次第浮现眼前。书籍温和、安静；书籍高贵、鼓舞人心。它们值得细细品读，不止一遍而是千万遍。然而，我再也不会把它们捧在手心了。岁月飞逝，人生短促，所剩无几。或许，当我躺在床上等待自己的人生大限，那些失去的书中会有一些进入我飘荡的思绪。我会将它们当作曾在路途中相遇，且被我亏欠过的朋友一样铭记。在如此这般的最后告别中，会有怎样的遗憾啊！

有个心结常常让我迷惑不已。我想，可能人人都遇到过：我正在阅读或者思考，在某一时刻，没有任何联想或者暗示，眼前突然出现了某个熟悉地方的景象。我无法解释那个特殊的地点为何会显现在我的脑海里，大脑的冲动太奇妙，完全无迹可寻。如果我在阅读，毫无疑问，面前这一页上的一个想法、一个短语，甚至一个词都会唤醒我的记忆。如果忙的是别的事情，那么必定是亲眼见到的某个物体、某种气味、某种触觉，甚或是某种身姿，使人回忆起过去的一些事情。有时候，幻象过去也便过去了；不过，有时候还有后续。记忆竟完全独立于我的意志，一个场景与下一个场景之间毫无关联。

十分钟前，我与园丁聊着天。我们聊土质，聊它是否适合某种蔬菜生长。突然，我发现自己正在凝望着阿芙罗娜湾[1]。我很确定，当时完全没有往那个方向想。呈现在我面前的画面让我大吃一惊，而我一直徒劳地试图发现我是如何看到这一场景的。

――――――――――

1 阿芙罗娜湾，又称月亮湾，在阿尔巴尼亚海边。

遇见阿芙罗娜湾是一个愉快的意外。当时我正在从科孚岛前往布林迪西的路上。汽船在下午晚些时候启航，有一点风，十二月的晚上太冷了，我很快便回到舱中。天刚蒙蒙亮，我就上了甲板，猜想我们在意大利港口附近。意外的是，我看到了山峦起伏的海岸，船正全速驶向那里。经过询问，我得知这是阿尔巴尼亚的海岸。我们的船不太适航，一直有风吹着（虽然尚不至于让乘客不舒服），于是船长便在几乎横跨半个亚得里亚海的情况下回了头，寻求一个能获得白雪皑皑的高山庇护的海湾。我们很快就驶入一个大海湾，在狭窄的海口上有一座岛屿。在地图上我能看出我们的位置，我不无兴趣地发现，守卫着海湾南侧的一长排高地就是阿克罗塞罗尼亚海岬。内岸高处有一个小镇，那就是古时候的奥隆。

我们在这里下了锚，停泊了一整天。由于补给不足，不得不派了一艘小艇上岸。水手们买了一些东西，有一种令人特别讨厌的面包，据他们所言是"用日光烤的"。直到傍晚，天空都没有一丝云彩，风依然在我们头顶呼啸着，然而周边的海湛蓝湛蓝的，平静无波。我在艳阳里坐着，望着密林满布的海岸上那美丽的悬崖和山谷，饱餐美景。后来是一场华美的日落。再后来，夜色悄然步入山谷——它们现在已被染成最深邃、最斑斓的绿。一座小小的灯塔亮起来了。在落下的极致宁静中，我听着碎浪在沙滩上轻柔地呢喃。

日出时分，我们驶进了布林迪西港。

英语诗歌的典型主题是热爱自然，尤其是英国乡村风景中见到的自然。从英语初创时的《布谷鸟之歌》，到丁尼生最好的诗句，这个特征贯穿始终。即便在戏剧的殊胜处，亦是如此。如果将莎士比亚戏剧里的所有自然描写、所有那些不经意间提到的乡村生活以及风貌都去掉，该是多大的损失！抑扬格对句的统治限制了这种本土音乐，但不能完全压制。即便有蒲柏在，还是出现了《黄昏颂》以及那首《墓畔挽歌》——就其诗思之美，就其表达之华贵，它在我们所有的抒情诗宝库中无与伦比，或许至今依然是最地道的英语诗篇。

我们民族思想的这个特征，甚至还催生了一个英国的绘画流派。出现得虽迟，但它终究是来了，也很引人注目。似乎再没有一个民族，比英国人更擅长取得这种成就了。英国人对草地、溪流、山冈真是有着至深的喜爱，最终，不满足于仅作声音的表达，还要拿起画笔、铅笔、蚀刻工具，创造出一种新的艺术形式。国家美术馆仅仅展现出了英国风景作品一部分的丰富与多样。如果有可能收集并恰当地展示由各种表达手段创造出的最佳作品，我不知道英国人心中哪一种情感会更强烈，是骄傲还是狂喜？

　　透纳长久以来被忽略的一个明显原因就在于他的天分似乎并非真正的英国式。透纳的风景画，即便呈现的是日常熟悉的场景，也并不展现出日常的光影。无论是行家还是聪明的门外汉，对此都不满意。他给予了我们光辉的景象，我们也承认这份光辉——然而，我们却没有见到某种我们以为至关重要的东西。我怀疑透纳是否真的品味到英国的乡野；我怀疑英国诗歌的精神是否在他心中；我怀疑平平之物的本质意义——我们所谓的美——是否曾在他的灵魂中显露。这样的怀疑并不影响他作为诗人在色彩与形式上的伟大，但我怀疑英国人对他不够热爱的原因便在这里。如果我认识的某个有头脑的人向我表明他更中意伯克特·福斯特，那么，我会笑起来——但我应该会理解的。

这本书我有一阵子没有写了。九月里我感冒了，病了三个星期。

我倒也没有什么痛苦，只是发烧、身子弱，不能用心于事，除了每天稍稍读一两个小时最轻松的书。天气不太好，不利于康复，总是吹着湿湿的风，也没什么太阳。躺在床上，我望望天空，端详云朵，但凡真正的云，而不只是一团灰色废气，便永远自有其美。无法看书一直是我的恐惧。有一次，我的眼睛出了点问题，因为害怕失明，我几乎发了疯。不过我发现就目前的境况，在自己安静的房子里，不用害怕有人来打扰，没有任务或者烦恼需要忧虑，即便没有书籍的帮助，我也能愉快地消磨光阴。在被束缚的日子里，茫然的幻想给我带来了慰藉，我希冀它能让我略增智慧。

当然，人没法凭着苦思冥想来完成智慧增长，生命的真理不是我们发现的。在不可预见的时刻，某种仁慈的感化降临人的灵魂，触动并生发出情感；于是，心智将其化成思想，这神秘的过程是我们不可理解的。唯有心处宁静，将全部存在交付给淡然深思，这才会发生。寂静主义者的心绪，我现在理解了。

当然了，我的好管家把我照顾得很好，让我尽量减少不必要的谈话。她真是个好女人！

如果人生美好的明证是有"荣誉、爱、顺从和许多朋友"[1]，那么很明显，我的人生连中等水平也达不到。朋友是有的，从前有过，现在也有，但一直不多；荣誉与顺从——唉，牵强说来，M夫人或许可以代表这样的幸福吧；至于爱——？

让我来告诉自己真相吧。我真的相信，在我生命的任何时候，我都是那种值得被爱的人吗？我想不是。我总是太过自我沉溺，对周围的一切太过挑剔，总是无来由地过于骄傲。像我这样的人，无论表面看来有多好的陪伴，也只能是孤独终老。对此，我不抱怨；相反，整日地躺在孤独与寂静中，我倒觉得这样便好。至少我没有给人带来麻烦，这一点很重要。我只愿以后的日子里，没有漫长的疾病等着我。愿我尽快从这种宁静的生活里步入最终的安宁，这样就不会有人以哀矜的心、疲倦的心想到我了。

无论结局如何，都会有一两个甚至三个人为此感到可惜，但我不会自以为是地认为，对他们来说，我不只是一个间或被温和想起的对象。这也就够了，这说明我并非全然是错的。而当我想到自己的日常生活见证了一种善行——这善是我从未梦想自己可以得到的，但别人为我做了——难道我还不能心满意足吗？

---

1 莎士比亚的戏剧《麦克白》第五幕中麦克白的感慨。

6

　　我多么羡慕那些没有经历过挫折就变得审慎的人啊！这样的人似乎并不少见。我指的不是那些冷血的算计者，他们算计着人生可能的得与失；也不是那些呆子，他们从来没有足够的想象力脱离循规蹈矩。我指的是那些聪慧而心胸宽广的人，他们似乎永远为常识所引导，一步一个脚印，稳步向前，做着谨慎、正确的事情。他们自然会获得尊重，经常帮助他人而自己不大需要帮助；通过所有这些，他们变得脾气温和、从容快乐。我多么羡慕他们啊！

　　就我自己而言，可以说所有那些没钱的人所能犯的傻，我都次第犯过。在我的天性里，似乎没有理性的自我指导能力。小时候也罢，长大后也罢，一路上能遇到的每条沟、每个坑，我都一个不落地跌进去了。从没有一个糊涂人收获过这么多的经验，从没有人有过如此多可以展示的累累伤痕。砰，砰！我尚未从一次刻骨铭心的打击中走出来，就马上又受到另一次打击。"不切实际"，讲话温和的人这样说我；"傻子"，我确信更多言辞粗暴的人这样说我。每当我回头张望那条曲折迂回的漫漫长路，我就会发现自己是个白痴。显然，

从一开始，我就缺乏一种东西，一种大多数人或多或少具有的平衡法则。我有头脑，但在日常的生活环境里，它们于我毫无帮助。要不是好运将我从迷津中拉出来，让我置身天堂，无疑我会一错到底。正当我要成为一个真正谨慎的人时，我经历的最后一击会让我消沉。

今日清晨的阳光消隐在慢慢麇^{qún}集的云彩里，但它的某种光芒似乎依然徘徊在空中，照亮轻轻落下的雨水。我听到园中静叶上的落雨声，这雨声让人安宁，让人心里起静思。

今日收到德国老友 E.B. 的信。许多年来，收到他的这些信一直是我生活里的一件开心事；不只如此，它们还常为我带来帮助和安慰。两个异国人在一生中的大部分时间里都保持友好的书信来往，却在二十年间见不上两面，这也是不多见的。初次在伦敦相见时我们都还年轻，没什么钱，还在挣扎着，充满希望，心怀理想；现在，回望这些遥远记忆的我们已在人生之秋。今日的这封信，E.B. 写得安静而满足，这对我是很好的。他援引了歌德的话："人在年轻时所希冀的，在年老时成就。"¹

歌德的这些话曾是我的希望；后来，它让我摇头，不再相信；现在，我微笑着想，这话在我这里被证明是何等真实。可是，这些

––––––––––––––––––––

1 原文为德语。

到底是什么意思呢？它们仅仅是一种乐观主义的表达吗？如果是这样，乐观主义就得让自己满足于颇为可疑的泛泛之谈了。大多数人真的能发现自己年轻时的心愿在后来的人生中得到了满足吗？十年前，我对此应该会全然否定，并且会拿出很多证据头头是道地予以反驳。而说到我自己，难道不正是凭着偶然的幸福，才能在这样的享受中安度晚年吗？偶然——可是没有这样偶然的事。如果我成功地赚到了我现在赖以生存的钱，我也可以说这是一种偶然。

确实，自成年起我就渴望在书本上得到闲暇；当然，很少有年轻人的心愿是这样的，但或许这是你以后最有理由求得满足的愿望之一。然而，对于那些只追求财富，追求它代表的权力、骄傲以及物质享受的人来说，又是怎样的呢？我们很清楚，能实现那样目标的人确实不多，而一旦错过，他们岂不是错过了一切？对他们而言，歌德的话岂不只是一种嘲弄？

应用到全人类，或许这话终究是真实的。国家兴旺和满足了，必然意味着这个国家中的大多数人也跟着兴旺和满足了。换句话说，已届中年的普通人也能获得他们孜孜以求的成功事业了。年轻人可能不会如此克制地表达自己的心愿，但事实上，他们的心愿不就等同于此吗？在为乐观主义者辩护时，人们可能会说，遇到心怀悔恨的老人是多么难得。确实如此，但我一直以为，有才能的人屈服于生活条件是一件无比悲怆的事。知足常常意味着认命，意味着将受到禁止的希望放弃。

我无法解开这个疑团。

最近我一直在读圣伯夫[1]的《波尔－罗亚尔》。这本书我是一直想读的，但它的长度以及我对那个时期的寥寥兴趣，总让我难以亲近它。幸运的是，机缘巧合之下，我由此获得了更多知识。人们有理由说，这是一本具有教化倾向的书。与"波尔－罗亚尔的诸位先生"[2]一起生活一段时间后，你会变得更好，他们中最好的那些人肯定离天国不远了。

他们的基督教确实不再是第一世代的那个了；我们身在神学家中间，教条的阴影已经使清晨的神圣色彩变得黯淡，但不时传来凉爽甜美的气息，这气息似乎还不曾从人间吹过，因而没有沾染上死亡的臭味。

这是一个感人的、令人印象深刻的肖像画廊。有着伟大灵魂的圣西兰，恢复了他关于基督的想象；勒梅特，他在自己的事业巅峰

---

1 圣伯夫（1804—1869），法国文学评论家。
2 原文为法语。

抽身而去，转向冥想与忏悔；帕斯卡，他凭借着天才与殊胜，在灵魂与肉身的殉道之间左冲右突；兰斯洛，善良的兰斯洛，理想的教师，他完成语法著作，编辑古典书籍；活力四射的阿尔诺，他是博士而不是圣徒，却为心中的信仰长久忍耐；还有所有的小人物——瓦隆·德·博派斯、尼科尔、哈蒙——都有谦逊与温和的精神，当你读到他们时，书页上就会升起一阵芬芳。

可我最喜欢的是蒂耶蒙先生，我甚至希望自己能过着像他那样的生活：被寂静与平静包裹，温和地奉献，热诚地学习。他说，自十四岁起他的心智便只用于一处，那就是教会史。他每天四点钟起床，一直阅读、写作到晚上九点半，能打断其工作的只有做礼拜的时候，以及中午几个小时的休息时间。他很少出门，若是不得不外出，他就步行，拿着手杖，在路上会唱一唱圣歌或者赞美诗来放松自己。这位渊博者如同凡人一般，有着一颗简单淳朴的心。他喜欢在路边停下来同孩子谈话，他知道如何吸引他们的注意力，同时给他们上一课。看到男孩或者女孩牵着一头牛，他会问："你一个小孩子，如何能够控制那么大、那么强壮的一头牲口呢？"于是，他就讲其中的原因，讲人的灵魂。所有这些关于蒂耶蒙的内容对我而言都是新鲜的；尽管我知晓他的名字（是从吉本的书里读来的），但我原以为他只是一个勤劳负责的史料编纂者而已。他的作品当然令人敬佩，但他做这些工作的精神才最值得一提。他为研究而研究，真理是他唯一的目标。对他而言，他的学问能否在人群中广为流传无关紧要，他可以随时将自己的劳动成果交给任何一个能够利用好它们的人。

想想詹森派 [1] 所生活的世界，想想投石党、黎塞留、马萨林 [2]，以及路易十四陛下所处的世界。将波尔－罗亚尔与凡尔赛宫对比一下，那么，不管你对他们的宗教与教会目标有什么看法，都不得不说，这些人活得有尊严。相比之下，伟大的君主倒是可怜、肮脏的人。人们会想到被拒绝下葬的莫里哀——对于一个不能再带给自己开心的人，国王所表现出的轻蔑与冷漠，是衡量王室是否伟大的真正尺度。与这些严肃虔诚的人中最微不足道的人相比，所有那些宫廷人物都显得多么渺小与肮脏啊！尊严不在宫室里，不在堂皇的御苑里，而在陋室里，波尔－罗亚尔的孤独者们便在那儿祈祷、教导、学习。无论是否为人类的理想，他们的生活都是值得的。还有什么能比这种值得赞誉的生活更珍贵的呢？

1 指 17、18 世纪以荷兰神学家詹森（1585—1638）的写作与理论为基础的天主教教派。
2 黎塞留和马萨林皆为路易十三与路易十四时期的法国宗教政治人物。

科学实证主义所经受的各种浅薄反对，看起来挺有趣的。"不可知论者"这个风行一时的好词凸显了达尔文的胜利。不过，不可知论作为一种时尚，天经地义到难以一直持续下去。当出现一个关于东方魔法的谣言（世界一贯的旧调重弹！），马上便有闲极无聊的人闲谈起"密宗"了——"密"这个形容词在客厅里听起来不错。这个词倒也没有风行太久，哪怕对小说家也不例外。对于英国人的品位来说，这种神秘主义太富有异国情调了。有人提议以前的降神或者招魂术——两者之间有着朴实的联系——都可以在科学之光下被重新审视，于是这想法马上就被人注意到了。建立实验室，出具严肃的报告——迷信在教授的眼镜里作祟。它的范围日渐扩大。催眠术为传播神迹的贩子带来了素材，随之而来的是一长串整脚的希腊语词汇——没有训练到位是有点难懂的。另一位幸运的术语学家偶然找到了"psychical"这个词——"p"发音与否就看发音者的口味与喜好了，这让科学时代的时尚之子们彻底安了心。"你知道的，必然有一些什么；人永远都觉得必然有点什么。"而现在，如果人们可以从读到的内容中判断，心理"科学"正愉快地与中世纪的巫术握手。据说，现在正是那些念念有词的巫师们发财的时刻。如果禁止算命的律法在上流社会里就像偶尔在贫民窟与小村庄里那样严格执行，我们可能会有一段快乐的时光。然而，起诉一个玩心灵感应的教授有点难——而且，他多半会欢迎你给他打的这个广告！

当然我很明白，所有使用这些词语的并非同一类人。对人类心理健康与心理疾病的研究，与其他任何认真出色的研究一样，都应该得到同等的尊重；它给一些小人、无赖以机会，但不反对任何诚实的思想倾向。一些着实让我们敬重的人正深入做着心理学研究，并相信已经触及一些习以为常的生命规律所不能解释的现象。就算是这样吧。他们可能在感官之外的世界就要有一些新的发现了。于我而言，所有这一类事情都挺没趣的，并且我会怀着最强烈的厌恶转身离开。哪怕心灵研究会查验过的每一个奇迹故事都摆在我面前——其真实性有不可抗拒的证明——我的感觉（称其为我的偏见吧）也不会有任何改变。对于下一批这样的故事，我依然哈欠连连，对那些讲述弃之不顾——是的，怀着厌恶的心情。"来一盎司麝香吧，好药师！"[1] 我也不知道自己为什么会这样。对于这些唯灵论的东西，事实也罢，幻想也罢，我是完全漠然的，正如对电力在最新机械上的应用一样。爱迪生与马可尼以那些震撼人心的新奇事物一举惊天下；和其他所有人一样，我也会受到震撼，但这震撼很快便会被我

---

1 出自莎士比亚的戏剧《李尔王》。

忘掉，生活一如从前。这事与我毫无干涉，如果隔日证明这些被宣告的发现不过是记者的错误或捏造，我也毫不在乎。

那么，我是一个故步自封的唯物主义者吗？如果我还算了解自己的话，那就不是。有一次同 G.A. 聊天，我说他站在了不可知论者的立场上。他纠正我说："不可知论者承认存在着某种人类知识范围外的东西；我不这么认为。对我而言，不可知的即是不存在的，我们看到的就是一切。"我当时就感到震惊，一个如此聪明的人竟然持有这样的观点，这实在是不可思议。我对自己以及周围世界的任何解释，不论是科学式的还是其他形式的，都不甚满意，乃至我没有一天不对宇宙的奥秘感到惊叹。在我看来，吹嘘人类知识的胜利，可能比幼稚更糟糕。一如从前，今天的我们唯一知道的事情是我们一无所知！什么！我能在路边摘下一朵花并且凝视它的时候，自以为只要知道所有关于这朵花的组织学、形态学等方面的知识，我就已经穷尽了它的意义吗？这一切除了文字、文字、文字，还有什么？是的，观察是很有趣，但越有趣就越能激起人的好奇与徒劳的探询。我们可以一直凝视、思索，直至头昏脑涨——直至掌间小花如青天白日一样，变成无可匹敌的奇迹。一无所知？一朵花只是一朵花，仅此而已？人只是进化法则的产物，他的感官和心智只能让他考量到自身所在的那部分自然机制？我很难相信这就是人类所怀的信念。我倒以为，对于无解问题的绝望，或是对佯装要去解决这个问题的人所怀有的不耐烦，让人们对物质现实之外的一切完全漠然，并最终导致了愚蠢的自欺。

我们称之为不可知的东西，很可能将永远是未知的。这样想，是不是有一种无法言传的悲哀呢？人类或将生生不息，然后消逝。所有人——从世界的黎明时分起，由可怕的神志第一次造出生命之主映像的那个人开始，到末世黄昏时刻匍匐在石制或木制的神灵面前的那个人为止，在这漫漫世系里，未有一个人能知晓自己存在的原因。那些先知和殉道者们，他们高贵的痛苦是徒劳的、毫无意义的；那些思求永恒的智者，也不过是做了闲梦一场；心地纯洁的人，不过是上帝活着的幻觉；那些受苦受难的人，只在来世才能得到慰藉；不公的受害者向至高无上的法官哭求着，而一切归于沉寂，那承载着他们的地球在无声的宇宙里冰冷而死寂地旋转着。如此悲剧中最悲惨的是，这并非不可想象。灵魂在反抗，却怯于在这场反抗中看到有更高尚的命运可以把握。如此看待我们的人生，是否更容易相信，悲剧兀自上演着，连旁观者也没有呢？事实上，确实，还能有什么旁观者呢？总有一天，对所有活着的人来说，最神圣的名字也不过是一个空洞的符号，并被理性与信仰所拒绝。然而，悲剧将继续上演。

　　不过这并不等于说，在人的智力所含的意义之外，生命便没了意义。智力本身拒绝这样的假设，对这样的假设，我是不耐烦和轻蔑的。对我来说，我所了解的一切关于世界的理论没有能让我接受的，难以想象可能存在某种让我心安的解释。我毫不犹豫地相信存在着一种万有理性，一种超越我理解力的理性，不给我一丝领悟的机会；一种必然暗含着某种创造力的理性，因此，即便它成为我思想中必要的一部分，也会同时被思想批判得化为乌有。一种类似的矛盾，也影响了我们关于无限时空的认知。理性进程是否已经抵达其发展的最终阶段，谁能说得清呢？如今我们看来不可逾越的思想极限，或许只不过是人类史上的某一早期阶段。那些将其视作"未来境地"证据的人，必须假定那个未来会有分阶段的变化。野蛮人尚未摆脱蒙昧，就像最高文明中的人类一样进入"新生活"了吗？这种心灵的探索证明了我们的无知。奇怪的是，任何人都可以此来证明我们的无知就是最终的知识。

然而，或许这将是未来人的心态，就算不是他们智力进程的最终成就，至少也是一段漫长的自我满足期。我们谈论"永远渴慕的灵魂"；我们想当然地认为，如果一种宗教消失，必然会有另一种宗教出现。但是，如果人类现在发现自己没有精神需求，会怎么样呢？这种改变不是不可能。今天我们生活里的很多迹象就指向这一点。如果自然科学倡导的思维习惯深入人心，如果没有巨大的灾难阻止人类获得物质满足，那么，真正的实证主义时代就会出现。到那时候，"明察事因"¹就成了普遍的特权；"超自然"一词就不再有任何意义，迷信将被笼统地理解为早期人类的特征。现在我们看到的骇人的神秘，在将来都会像几何论证一般清晰明朗。这样一个理性的时代，或许是这个世界能意识到的最幸福的时代。事实上，它要么如此，要么就永远不会出现。因为痛苦与悲哀是形而上学的伟大导师。记着这一点，你便不能全然指望理性主义者的太平盛世了。

---

1 原文为拉丁语。

斯宾诺莎[1]说，自由人常常只想到死亡。从他对这个词的理解来说，我可能不会称自己为自由人。我频繁地想到死亡。事实上，这种想法总是在我的脑海中。可从另一个意义上说，我确实是自由的，因为死亡没有给我带来恐惧。曾有一段时间，我害怕死亡，仅仅是因为它对于依赖我的其他人来说是一场灾难。存在的终止，就其本身而言，从来无力折磨我。我难以乖乖地忍受疼痛，而且我委实担心会受到长期卧病在床这一折磨的考验。一个经历过重压与奋斗的人，以男人的方式冷静地面对自己一生的命运，却要在暮年遭受区区一场疾病的羞辱，这是一件令人难过的事情。不过，幸好我并不常为那种忧郁的预感所困扰。

散步的时候，我常常改道穿过一处乡村墓地。我对那些城镇公墓有多厌恶，就对这些乡村的安息之地有多喜欢。读着石碑上的名字，想到那些人生命中的焦虑与恐惧都已结束，我感到深深的慰藉。

---

1 斯宾诺莎（1632—1677），荷兰哲学家。

我没有感到任何悲伤。孩子也罢，老人也罢，我觉得他们都实现了幸福。终场到来，紧随其后的是永恒的安宁；那么，来得早也罢，迟也罢，又有什么关系呢？没有比"长眠于此"更令人欣喜的了，亦没有任何尊严能与死亡相比。最尊贵的人所行过的路，他们行过了；所有活着的人最想要的东西，他们已经获得了。我不能为他们感到悲伤，但想到他们逝去的生命，便心生一种兄弟般的柔情。逝者似乎在静默的枝叶间低语着，鼓励那些仍流连在命运中的人："我们怎样，你们也将怎样；且看看我们的宁静吧！"

许多次，生活举步维艰时，我就委身于斯多葛派，而这并非全然徒劳。马可·奥勒留[1]的书一直是我的枕边书，深夜里，因为痛苦而辗转反侧，也没有别的什么可以读的时候，我就会读他。他并没有卸除我的重荷，他对虚妄的尘世烦恼的证明对我也毫无帮助，但他的思想里有一种令人舒缓的和谐，在一定程度上使我的心沉静下来。仅仅是希望找到力量来效仿那个崇高的榜样（尽管我知道自己永远做不到），便可以防范悲惨境况下的卑微冲动。我仍然在读他，不过思绪很平静，我想的是他这人，而非他的哲学，他的样子在我的心底被珍视。

我们拥有绝对的知识——这样一种知识的假定，自然使得奥勒留的思想体系在我们这个时代的思想家那里站不住脚。人通过行使他的理性，可以与理性本质——世界的灵魂——沟通，这个信念是崇高的；但正因为我们无法在自身中找到任何如此确凿、肯定的指

---

1 马可·奥勒留（121—180），古罗马皇帝，斯多葛派哲学家。代表作有《沉思录》。

引，今日的我们才接受了怀疑主义贫乏的厄运。否则，斯多葛派对人在天地万物中的附属地位和对命运支配一切的认识，与我们的哲学观念不谋而合；另外，他关于人的"社会性"的学说，关于所有活着的人之间存在相互义务的学说，也与我们当今时代的美好精神相吻合。他的宿命论不只是单纯地任命；人要接受自己的命运，无论这命运怎样，都不可避免，不仅要接受，而且要带着欢喜与赞叹。我们为何在此？就像一匹马、一条藤蔓的存在一样，我们是为了扮演大自然分配给我们的角色。既然我们有能力理解事物的秩序，也就有能力据此引导自己；意志对环境无能为力，却能自由决定灵魂的习性。首要职责是自律，其相应的第一特权是对生命法则的先天理解。

然而，我们面对的是那个顽固的发问者，他不会接受任何先验假设；无论它的特质怎样崇高，它的趋势怎样有利。我们如何知道斯多葛派哲学家的理性与世界的法则是一致的呢？或许，我可以从一个迥异的角度来看待生活。对我来说，理性指示的可能并非自我压抑，而是自我放纵；我可能会发现，在自由行使我所有的激情时，我的存在更符合我认为的那个大自然的指示。一方面，我是骄傲的，大自然使我如此，就让我的骄傲去自证吧；我是强壮的，就让我发挥我的力量吧，在我面前倒下是弱者的宿命。另一方面，我是软弱的，那么，就让我忍受痛苦。只断言命运是公正的又有何用，能使我平静喜悦地接受这落魄的命运吗？不，因为在我灵魂的深处，有一种力量要我反抗，要我对着某种我不知道的不公力量呐喊。如果说我不得不承认有一个迫使我做这做那的大计划——不管我愿不愿意做——我怎么能确认那是才智或道义责任默许的呢？因此，实在没有答案可以回复这个永不停息的发问者。因为我们的哲学再也看不到至高无上的认可，再也听不到宇宙的和声了。

"不公正的亦不诚。因为宇宙的本性使得所有理智的生物彼此帮助，最终让彼此受益；根据具体的人和场合，他们或多或少会如此，但他们绝不会互相伤害；很明显，违反这份意志的人，就冒犯了最古老、最可敬的神灵。"我多么乐意相信这一点！不公正就是不虔诚，而且是最严重的不虔诚。我会至死坚持这个观点，但如果我以这样的推理来支持我的信仰，那么这份高贵的情操纯粹是装出来的。我没有发现任何强有力的证据可以证明正义是宇宙的法则，只看到无数迹象倾向于证明它不是。我不得不相信，人以某种难以想象的方式，在他最好的时刻代表着一种道义，这种道义与我们所知道的世界中通行的道义暗相抵牾。如果正义者实际上是最古老神祇的崇拜者，那他必须假设自己所崇拜的对象属于一个没落的王朝，或假设他体内燃着的神圣之火是一种"未见之物的明证"[1]——这自古以来就是他的避难所。如果我一个假设都不能够做出，那会怎样呢？还有绝望的理由留下的尊严——"但是失败的方面使加图高兴"[2]。可这儿怎么会响起赞歌呢？

---

1 出自《圣经·新约》。
2 加图（前95—前46），古罗马政治家。他支持庞培，反对恺撒。兵败后，加图自杀。

"大家所共有的大自然给每人分派的是最好的，当她分派的时候，便是最好的了。"对必然性的乐观，或许是人类所能达到的最高智慧。"请记住，只有通情达理的人才会被允许自愿、自由地服从。"这一崇高的主旨，其信服力，无人能比我感受得更深。这些词句向我而歌，生命被一种柔和的光辉照耀着，像远处秋日夕阳的余晖。"想想，人的一生不过一瞬，所以离开时要温顺、要知足，甚至要像'瓜熟蒂落'的橄榄那样赞美生它的地、感谢育它的树。"所以，当那一刻到来，我也愿意这样想。这是艰苦奋斗的心境，也是休息的心境。它比保持冷漠所得到的平静要好（如果人真的能做到），也比在冥想未来的幸福时，漠视尘世的苦难而致迷狂要好。然而，这是不可能靠努力达到的。它是一种未知力量的影响，是一种宁静——落在灵魂上，如露水滴落于晚暮。

我有过一次剧烈的头疼。整整一天一夜，我都处在盲目的煎熬中。现在，试着用斯多葛派疗法看看。身体的病痛不算坏事，只要下一点决心，把它看作某种自然过程中的自然结果，也便忍下来了。让人感到安慰的是，要记住，它无法影响灵魂。灵魂是永久性的，而身体不过是"心衣或者心龛"。让肉体去遭难吧！我，这个真正的我，将袖手旁观，成为自我之主。

同时，记忆、理性，我所有智力方面的官能，都湮没在昏沉的遗忘中。灵魂是某种心外之物吗？若是，我完全意识不到其存在。于我而言，心智与灵魂是一体的，而且我太有感触了，我存在的要素就在这里——大脑颤动与痛苦之地。再多一点这样的痛苦，我就不再是我自己了。代表着我的这具身体，他可以做手势、咆哮，但我对他的动机、他的幻想一无所知。很明显，这个我就是各种身体元素的某种平衡——我们称之为健康——组合而成的。甚至在我开始轻微头疼的时候，我就已经不复是我了。我的思想不走正常路，我意识到了这个异常。几小时后，我不过就是一具行走的病体；我的心——如果我可以用这个词——已经变成了一架手摇风琴，反反复复地挤出一两声无聊的乐音。

对于为我如此服务的灵魂，我应该投以怎样的信任呢？我会说，与我对自己感官的信任是一样多的——通过感官，我可以了解我所生活的世界的一切。就我所知，比起在我有能力检测它们的情况下，这些感官也许会在日常使用中更厉害地大肆欺骗我。一样多，不会更多了——如果我的结论是正确的——也就是说，心智与灵魂只是身体的两个微妙功能。如果我某部分身体机能碰巧失常，我的智力也会马上失常。看哪，我内心"具有永久性"的某种东西，使我闹出没有任何无限智慧意味的把戏来。即使在正常情况下（如果我能判断出何谓正常情况），我的心显然也是琐屑小事的奴隶。我吃了一些不合适的东西，突然之间，生活的面貌完全改变了；这种冲动已失却其力量，而另一种我之前从未有过的冲动，却又把我全力控制住了。简而言之，我对自己的了解跟对永恒本质的了解一样少，而且有一个怀疑萦绕在我心头，我可能只是一台自动机器，我的每一个想法、每一个行动都源自某种利用我、欺骗我的外在力量。

为什么我要作此沉思，而不是像一两天前那样与自我、与世界和平相处，享受自然人的生活呢？很显然，这只是因为我的健康出现了暂时的失调。病已经好了，关于不可思议的事，我已是思而又思；现在，我感到自己又恢复了，平静了下来。我又安康如初，这可是我的长处？我可以凭着任何意志上的努力，避开疾病的陷阱吗？

树篱上挂着的累累黑莓，唤起了我许久之前的记忆。不知怎的，我逃到了乡下。长途跋涉直至中午，我开始感到饥饿。路边的黑莓丛挂满了果子，我边摘边吃，直到看到一家旅馆，那里兴许可以吃上一顿饭。可我已经饱了，不需要更多食物了，而当我想到这一点，一种奇怪的惊讶感、一种迷惑感向我袭来。什么！我已经吃过了，还吃得很饱，而且没有花一分钱？我觉得这是一件很离奇的事情。那时候，我无时无刻不在考虑如何获得金钱来维持自己的生命。许多天，我都在挨饿，因为我不敢花掉手头的几枚硬币，我能买到的食物永远都无法让我满意，翻来覆去就那几样。而在这里，大自然赐予我一场盛宴，它似乎很美味，我可以尽情享受。这奇迹让我久久不能忘怀，直到今日，我还能记得它、理解它。

　　我想，没有比这更能说明在大城市里赤贫意味着什么了。我很高兴自己已经度过了这个阶段。我此时安享的心满意足很大程度上归功于那些苦日子，这不仅仅是因为对比的力量，而是因为我比大多数人更了解决定我们每日生存的现实。对于寻常受过教育的人来

说，衣食无忧自然是一件要事；如果有人问起，他会承认这是一件愉快的事情，但这对他来说不过是一种有意识的快乐根源，跟身体安好带给健康人的快乐差不多。对我来说，如果能再活五十年，每一日，这种踏实感都是一次惊喜。我知道，只有那些与我拥有同样经历的人才能明白，一切就看你有没有可以生活的钱。一般受到教育的人从来不是孤身一人——只能单衣蔽体地身处无尽的孤独中；他面临的问题是如何从一个罔顾他生死的世界里夺下一口饭。世上没有这样的政治经济学学院。通过对这门课程的学习，你就不会再对这门遗憾的学科中一些基本的术语感到困惑了。

我比大多数人都更明白，我亏欠了别人多少劳动。我每年每季度"提取"的那些钱，某种意义上而言，是从天上掉下来的，但我很清楚，每一分钱都是从人的毛孔里流出来的。谢天谢地，我没有受到卑鄙的资本主义明目张胆的暴虐；我只想说这是人类劳动的产物，可能它是有益健康的，不过多少也带着些强制性。眼光放长远一点，它意味着肉体的劳作，那些粗人的苦工，支撑着所有我们复杂生活的构架。想到这点，这些平民出身的人便赢得了我的感激。这只是一种辽远的感谢，我从来不曾也永远不会有民主的狂热，我很早便接受了自己的这一性格特点。我知道要反抗权贵的特权——难道我会忘记我曾站在伦敦某处，愤怒而痛苦地望着那些招摇而过的富人吗？——但我从未觉得自己与居所周围的本地贫民融为了一体。原因很简单：我太了解他们了。在优渥舒适的环境中培养自身热情的人，可能一辈子都会对其下层世界抱有幻想。我不否认他可能会因此更好，但对我来说，幻想不存在。我了解穷人，我知道我们的目标不一样。我知道，我所接受的那种与理想相差无几的生活（如此俭朴的生活！）——如果能让他们明白的话——他们只会觉得厌烦和鄙视。若我与他们一起反对"上层世界"，那只会是谎言，或是彻底的绝望。他们内心所渴望的，对我来说是贫瘠无果的；我所孜孜以求的，对他们来说是永远无法理解的。

　　我绝不主张自己的目标是人人都应该去追求的理想目标。它可能是，也可能不是，我早就知道基于个人偏好的改革是无益的。我不寻求为世界贡献新的增益，只是厘清自己的想法，也就够了。不过，自己看清楚也是好的，我珍视的那些讨厌的日子对我也有不小的帮助。如果我所知晓的只是主观的，唉，它就只是跟我自己有关，我不会给别人说教。换另一个出身、教育情况跟我相似的人，同样的苦难经历可能产生完全不同的影响；他可能会与穷人打成一片，以最崇高的人道主义精神燃烧到生命的最后一刻。我不会批评他，只会说他的眼光与我不同。或许，他的视野更宽广、更公正，但在某一点上，我们是相似的。如果有这么一个人，那么就去问问他；你会发现他曾吃过一顿黑莓饭，并为此沉思。

今日，我站在一旁看收割工干活儿，心中产生了一种愚蠢的嫉妒。我想成为那些彪形大汉中的一员，从黎明到日落都绷紧肌肉，回家后痛痛快快地酣然一觉，隔天又精神焕发，继续新一天的劳动！如今人到中年，我的四肢百骸与他人无异，也没有什么病痛，但我怀疑自己能否受得了最轻的田间劳动，哪怕只是半小时。这还算一个男人吗？如果这些健壮的家伙中有人怀着善意向我投来蔑视的目光，我会感到惊讶吗？然而，他做梦都想不到我会嫉妒他，他倒有可能认为我在不合时宜地将自己与田地里的一匹马做比较。

一个古老的空想出现了：身心平衡，健健康康同时又神思敏捷。如果那样能让我高兴，我何不在丰收的田地里劳作，同时依然为思索而活呢？许多理论家认为这事是有可能的，并期待着它会在一个更好的时代到来。如果这样，在此之前得先有两个变化：文学职业不复存在；所有图书馆统统要毁灭掉，只留下少数一些被公认为国家宝藏的书籍。这样，只有这样，才能实现身与心的平衡。

向我们谈论"希腊人"是毫无意义的。我们所谓的"希腊人"

只是几个小群体，生活在非常特殊的环境里，有着自己鲜明的特点。这个一直被我们习惯性地认为是稳定、灿烂且星散着的文明，其实是一连串最短暂的辉煌，从爱琴海海岸到地中海西部海岸，此起彼伏，星星闪闪。希腊文学与希腊艺术的遗产是无价的，但希腊生活对我们来说没有什么意义。那时的希腊人从不研究异域的东西——连一门外语或者消失的语言都没有。他们几乎不阅读，更喜欢聆听。他们蓄奴、纵情声色，不懂我们今日所谓的工业。除了神赐的一点智慧，他们无知得可怕。他们的智力不错，却有严重的道德缺陷。

如果我们与伯里克利时代[1]一个普通的雅典人谈话,他可能会带给你不小的失望——他身上野蛮又颓废的气息比我们预期的要多得多。更有可能的是,他的体格甚至也会让人感到幻灭。让他留在那个旧世界里吧。那个旧世界,在少数一些人的想象里弥足珍贵,但对现代大众来说,它就像孟斐斯或者巴比伦一样与之毫不相干。

正如我们听说的那样,有思想的人几乎必然是健康受损的人。也有罕见的例外,这个家族可能确实以智力见长,但其所有成员都过着积极好动,而非勤学好思的生活。而这些幸运的思想家子女,要么重回积极好动的生活,要么表现出常见的身对心的牺牲。我并不否认有"身心俱佳"[2]的可能,那是另外一回事。我说的也不是那些健康的人(幸而他们为数不少),他们聪慧且喜欢读书。我讲的是这类人:他满怀激情地追求着心灵层面的东西;他会毫不犹豫地拒绝所有侵占其神圣时间的寻常利益或者忧虑;他困惑于无穷尽的思与知;他悲哀地意识到保持自己精神活力的条件,却因无法抵御时不时的诱惑而弃之不顾。除却这些本色之外,还有一个常见的事实,即这样的人须得把自己的成就变成商品,须得在贫困的永久威胁下苦苦劳作。还有什么能依旧让他的血液保持真正的节奏,让他的神经按照大自然的要求发挥作用,让他的筋骨承受住超常任务的重压呢?这样的人可能会羡慕地望着那些"在太阳神眼中流汗"[3]的

---

1 指伯里克利(约前495—前429)统治雅典的时期。
2 原文为拉丁语。
3 出自莎士比亚的戏剧《亨利五世》。

人，但他知道自己别无选择。而到今日为止，若生活善待他，让他时时有宁静的学习时光，那么就让他的目光从收割者转向那片金色的收获，并在感恩中前行吧。

田间的劳动者与随他一起的牲畜并肩劬劳，这既不可取亦没必要。可事实上就是这样的。听说，如今只有那些最愚钝的农夫才愿意过农夫的生活。他们的孩子学会了读报，尽力去往应许之地——印报纸的工厂。这里有一些完全错误的东西都不需要传教士来告诉我们。至今也没有先知指示出什么补救措施。在我们这个时代，人们把务农吹得天花乱坠，然而多半都是徒劳，因为它在努力证明一个谎言——即农业生活本身有利于培养温柔的情感、甜蜜的思想，以及一切人类美德。农耕是最累人的苦活之一，其本身绝不利于精神的生发；它在世界史上起到了开化作用，只是因为它能通过创造财富将一部分人从耕犁的劳动中解放出来。早有狂热者做过变身农夫的尝试，其中有人就自己的体验写下过一段醒目的文字：

哦，劳动是世间的诅咒，没有人能参与其中而不变得凶残。我花了金贵的五个月时间去喂牛、喂马，这是一件值得称道的事情吗？并非如此。

在布鲁克农场的纳撒尼尔·霍桑[1]如此写道。在幻灭的痛苦中，他走得太远了。劳动可能是且常常是一种可憎的、使人变得残忍的事情，但可以肯定的是，它不是世界的诅咒；不，它是世界至高的福祉。霍桑犯了个愚蠢的错误，为此他付出心理失衡的代价。对他来说，喂牛、喂马显然不是什么合适的活儿。不过，许多人会注意到这种职业更高尚的一面，因为它当然意味着能为人类提供吃的。这段引文有趣的地方在于这样一个事实：像霍桑这般聪明的人也已不知不觉地沦落到农夫反抗乡村生活的精神状态里了。不仅他的智力处于停滞状态，他的情感也不再能作为真正的向导。在我们这个时代，乡下人的心智最糟糕的一个特征不是无知或者粗俗，而是充满叛逆的不满。像其他所有糟糕的事情一样，这被认为是事物状况的必然结果，人们对此太了解了。乡下人想要"改善"自己。他厌倦了喂牛、喂马，他想象着自己在伦敦的人行道上气宇轩昂地走着。

阿卡狄亚[2]的幻象是无益的。然而，一个明显的事实是，在从前的日子里，农夫的日子并不难熬，而且他们比我们今天坚守在耕犁旁的乡巴佬儿更聪明。他们有自己的民谣，这些如今已经完全被遗忘了；他们有浪漫的故事和神话传说，像忒奥克里托斯[3]的田园诗那样，他们的后人是无法欣赏了。啊，但请记住，他们也有一个"家"——这是一个有启发性的词。若你的农夫爱着给他食物的田地，他便不会以在这田间劳作为苦；他的劬劳便不再似那牲畜一般，相反，他

---

1 纳撒尼尔·霍桑（1804—1864），美国小说家。代表作有《红字》。
2 阿卡狄亚，田园牧歌式生活的代名词。
3 忒奥克里托斯（约前310—约前250），古希腊诗人，西方田园诗的创始人。

会昂头向上，触及那来自天宇之外的光。掩盖乡村生活的艰辛与枯燥是无用的；毋宁让他们坚持——让那些拥有土地并从中获利的人能够不断地照料使土地丰收的生命，这样的照料或许能在某种程度上有助于抵御时代的躁动。住在舒适乡村小别墅里的人，不会像住在茅屋里的人那样愿意离开。善意的人们谈论着要加以刻意引导来重新唤起对乡村的热爱。这样做有什么希望吗？所有花朵的古老英文名字常常挂在乡下人的嘴边，是的，其实它们最初就是被这些乡下人念出来的吧。这样的时光还有希望回归吗？花与鸟，连同歌谣与精灵，几乎被遗忘了。这样的事实表明农村的衰败有多么严重。希望恢复任何过去社会的美德很可能是愚蠢的。我敢说，未来的农夫将是高薪的技术工、火车司机一类的；在他工作的时候，他会唱着音乐厅里压轴的副歌，他会频频去最近的大城镇里度假。我想，对那些关于"寻常的乡间事物"的闲谈，他不会有什么兴趣。花朵——至少牧场与农田里的那些——差不多都会被改良。而很可能，"家"这个词将只有一种特殊的意义——表示领取养老金的、退休工人的公共住所。

不写下关于今天的一些记录，我是没法闭眼入睡的，但语言是多么愚不可及！日出时，我极目远眺，手掌大小的云朵一处也不曾见到。神圣的晨曦在枝叶的露水上闪耀，枝叶轻颤，仿佛与之共喜悦。日落时，我站在家上方的田野里，看着鲜红的日轮没入紫色云雾，而在我身后紫罗兰色的天空里，升起一轮满月。在表盘投下的阴影轻转一周的过程中，一切美丽安静到不可方物。我能想象，秋天从未给榆树、山毛榉披上如此华服；我想，我家墙上的叶子从不曾在如此堂皇的红色中闪耀。这不是游荡的日子。在蓝色或金色的天宇下，目光所及无不是美的，足以让人在梦一般的休憩中与大自然合二为一。收割后的田地里乌鸦声声，时不时传来的昏昏欲睡的啼鸣，指示着附近有个农场；我的鸽子在它们的鸽棚里咕咕地叫。是五分钟，还是一个小时呢？我看着那只黄蝴蝶在花园的微光中，随着空中不可察觉的震颤飘摇。每一个秋天，都会有这样一个完美无缺的日子。没有任何我所知晓的其他日子给我带来过如许触动，让我欢喜雀跃，让我如此满足于其许诺的宁静。

我在巷子里闲逛，这时候，从远处传来一个乡下人的声音——说来奇怪，是唱歌的声音。我听不清是什么调子，但听着声音高了上去，有那么一刻，它悦耳却忧伤。突然之间，我的心被回忆击中，如此强烈，我分不清那是痛苦还是愉悦。我在帕埃斯图姆[1]的废墟中坐着时，曾经听到一个农夫的歌声，而在我听来这声音就是他的。英国风景在我眼前消失了，我看到蜜金色石灰华做的多立克大柱，在这石柱之间，我朝一面望去，看到的是深长的狭海；转过身，我看到的是亚平宁山脉的紫色峡谷；在我独自静坐的神庙四围，除了那长长的悲音之外，是一片死寂的旷野。我没有想到在此，在我挚爱的家中，在对悔恨与欲望一无所知的地方，我会为远方的思绪而深深烦忧。我低首回家，那歌一直在记忆里唱着。在意大利旅行中获得的所有乐趣在我心中重燃。旧日的魔法依然未曾失却力量。我知道，它永远无法诱我再次离开英国；但南方的阳光不会从我的想

1　帕埃斯图姆，意大利古城。

　　象中消退，当幻想这光辉照耀在古时的废墟上时，我心中无声无息的欲望被唤起了，那是曾令我痛苦的欲望。

　　歌德在《意大利游记》中说，在他生命中的某个时刻，对意大利的渴望变成了一种令他不可承受的痛苦。最终，他无法忍受听到或者读到任何与意大利有关的东西，甚至看到一本拉丁文书，他都感到痛苦，只能转身离去。直到有一天，他克服一切障碍，屈服于自己的渴慕之情，悄然走向南方。第一次读到这段话时，我觉得它正好代表了我自己的心境。一想到意大利，我就感觉自己在被一种渴望驱使，它时常让我感到难受；我也曾将拉丁文书籍抛至一边，只因为我不堪忍受由它们唤起的想象力带来的折磨。我能否满足自己的愿望？——对此，我不抱什么希望（不，连一丁点儿希望的影子都没有）。我自学意大利语，这也算让我有所安慰。我（三心二意地）读着一本口语书，但我的渴慕症只会日趋严重，直至成为绝望。

之后，我手头就有了一笔钱（可怜巴巴的一点），是一本书的稿费。那是初秋。正好听到有人说到那不勒斯——于是，只有死亡才能阻拦我了。

确实，我已经老了。我已不再热衷于酒。

没什么酒能让我兴奋，不过，意大利的酒除外。在英国，喝酒毕竟只是做做样子，纯粹是玩一玩具有异国情调的灵感。丁尼生有他的波特葡萄酒，那源自一种古老的传统。雪利酒属于一个更高贵的时代。这些饮品都不适合我们。就让愿意的人去玩味那些可疑的波尔多酒或者勃艮第酒吧；要想能品味到它们的妙处——那种灵魂的妙处——须得在三十岁之前。有一两次，它们将我从绝望中拉了出来；对于装在桶里或者瓶里、有着葡萄酒大名的东西，我不会再说什么不客气的话了。可对我而言，这已经是过去的事了。"当玫瑰为王，香气润发的时候"[1]——这样美好的时刻，我再也不会知晓了。然而，在记忆中它是何等难忘！

"你们管这酒叫什么？"帕埃斯图姆神庙的守护者拿酒给我解渴时，我问道。他回答："卡拉布里亚酒。"如此闪耀的名字！在那里，

---

1 原文为拉丁语。

我喝着酒，倚坐在波塞冬神庙的廊柱下。在那里，我喝着酒，脚踩着叶形装饰；我的目光在山海间流转，或者定睛望着嵌在破碎圣石表面的小贝壳。秋日的天渐渐暗下来，晚间的微风在荒废的海岸边低语；远远的峰尖上躺着一条长长静静的云，那颜色属于我的卡拉布里亚酒。

思绪纷飞时，有多少这样的时刻重现眼前！在城镇小路边昏暗的小餐馆，在被遗忘的山谷中、山腰上，或在静默的海边散发着阳光气息的旅馆，葡萄予我以血液，让生命成为一场豪饮。除了最狂热的禁酒主义者，谁会嫉恨我挽回的那些美好时光呢？在紫罗兰色天宇下的古墓中，每一滴酒都能让我暂时变得更好、更有头脑、更勇敢、更温柔。那是一场无悔的狂欢。我希望永远生活在意大利葡萄树荫下生发的那种感觉与思想里！在那里，我聆听神圣的诗人吟诵；在那里，我与年长的智者同行；在那里，众神向我揭示了他们永葆宁静的秘密。我听到红色的溪水流入乡野的玻璃杯，我看到山丘上的紫色光芒。你这有着罗马人面孔，也几乎讲着罗马语言的人啊，请再为我斟满酒杯！那不是亚壁罗马古道上长长的光辉吗？这景象正如那首不朽的歌以古老的方式在吟唱着：

哦，大祭司以及沉默的贞女

同登丘比特神殿之时[1]

是啊，祭司与贞女在永恒的寂静中沉睡了多少世纪。铁神的奴隶，让他爱说什么就说什么吧！对他而言，费勒年酒不曾荡漾过，缪斯不苟言笑，也不会发出悦耳的声音。在太阳落下、黑暗笼罩我们之前，重新斟满酒吧！

---

1 原文为拉丁语。

此刻，是否有一个二十岁的小伙子——他受过一定的教育，但没钱、没人脉，除了脑子里的灵光与心中坚定的勇气外一无所有——坐在伦敦的阁楼里，为了宝贵的生命写作？我想，一定是有的。然而，近年我所读到的、听到的关于年轻作家的情况，却展现出了他们非常不同的一面。

这些小说家与记者不住阁楼了，等着升迁呢！他们在新潮的餐馆里吃喝，款待批评家；他们在剧院里坐贵宾席；他们住光鲜亮丽的公寓，一有借口就照相登在画报上。哪怕在最坏的情况下，他们也会归附于有声望的俱乐部，盛装打扮以便参加花园聚会或者家庭晚会而不至于引起反感。在过去的十多年里，我读过许多小传，介绍这个先生、那个小姐，用当今那种漂亮话讲，他们的书就是"大受欢迎"；但在其中从来看不到艰苦奋斗，看不到抽搐的胃和冻僵的手指。我猜想，"文学"之路是太容易了。毫无疑问，对于一个教育程度可以使其跻身中上层阶级的小伙子来说，他若是想投身文学，却发现自己完全没有资源，这在现今是很罕见的。而这就是问题的根源：写作已被公认为一种职业，几乎跟宗教或者法律一样自有一套规程。一个小伙子可以带着父母的全力期许，带着叔伯的充足支持，进入这个行业。不久前，我听说一位著名律师每年花费几百英镑请一个不怎么出色的教授来指导他儿子学习小说的艺术——是的，小说的艺术。

真的，想一想，这是一件令人惊奇的事情，实在不是一件小事。的确，饥饿不一定能产生好作品，但人们对这些"红毯作家"感到不安。对于那么两三个还算有良心和远见的人，我希望最好有一场横祸，让他们流落街头、无依无靠。或许，他们会消失。可将这种可能与他们目前的前景——灵魂的脂肪变性[1]相比较，难道不能接受吗？

思索这些是在昨天傍晚，我那时正站着看一场华美的日落。我想起了三十年前伦敦秋天的日落。对我来说，这比我后来看到的任何日落都更辉煌。也是碰巧，在这样的一个傍晚，我在切尔西的河边闲来无事，只觉得肚子饿了，而且我觉得天亮之前自己还会更饿。我在巴特西桥上闲逛，这是一座古朴典雅的木桥。在那儿，我被西边天空的景色攫住了。

半个小时后，我飞快地跑回家，坐在桌前写下了我的所见并马上寄给了一家晚报。令我吃惊的是，《巴特西桥上》这篇文章第二天就被这家报纸刊登了。我为这一小段文字感到无比自豪！我应该

---

1 "脂肪变性"为医学术语，此处"变性"意为恶化、退化，为喻指。

不太愿意再看到它们了，因为当时太美好了，乃至我敢说现在再看只会让我感到一种郁郁的伤感。不过，我之所以写下来是因为喜欢写，也同样因为要挣钱填饱肚子；而且由此挣来的几个基尼[1]响起来时与任何时候赚到的钱一样令我愉快。

1 基尼，英国旧制货币。

我不止一次听人说安东尼·特罗洛普[1]自传的出版，在某种程度上可以解释为什么他以及他的作品在其死后不久就湮没无闻。我也不知道是否真的是这样。我愿意相信这是真的，从某个角度而言，这样的事实对"糊涂的大众"来说是一种荣耀。当然，只是从某个角度而言。人们对特罗洛普作品创作过程的了解程度并不影响其作品显著的优点。在其最巅峰的时候，他是一个令人钦佩的通俗派作家，其声名的消失并不意味着他最终会被遗忘。就像其他那些著名小说家一样，他的崇拜者有两类——一类是因为他在各方面达成的成就而去读他的人，一类是在他身上找到同等娱乐价值的普罗大众。不过，每当想到他书中披露的机械写作法（这使得那本自传在那些更聪明的阅读者眼里要么令人厌恶，要么有趣），在某个地方实实在在地冒犯了那些"糊涂大众"，一种满足感便会涌现。一个人把表放在眼前，每一刻钟写多少字都精准控

---

[1] 安东尼·特罗洛普（1815—1882），英国小说家。他主要在早餐前写作，每小时固定1000字。

制——可以想象，这样的画面甚至会让穆迪书店最稳定的订阅者也感到不快，也可能会出现在他（或她）与柜台上任何特罗洛普的作品之间。

这件令人惊奇的事就这么出现在仍然天真的公众面前了。在那个幸福的时代（似乎已经是很久之前了），摆在普通读者面前的文学新闻大多与文学作品有关，而不是像现在这样，主要与"文学"制造的过程、"文学"市场的起落有关。特罗洛普自己也讲过，他曾反问一个向他约稿连载作品的期刊编辑：自己可以写多少字？编辑惊呆了——这的确是一段会让人想到过去美好时光的逸闻。自那时起，读者已经适应了"文学"手段所披露的东西，这一类的事情无法再让他们感到震撼。

现在出现了一个新闻流派，它的目标似乎就是故意贬低作者及与作者有关的一切。这些恶毒的写手——或者更准确地说，是打字员——发现这些浮躁时代的作者太容易接受他们的商业建议了。是的，是的，我和其他人一样清楚，作者与出版商之间的关系需要改革。有谁比我更清楚，当作者面对出版社时，无论过去、现在还是未来，都处于可笑的不利地位呢？

从事情的本质及体面的角度而言，没有理由不通过某种方法来纠正这种错误。像特罗洛普这样身材高大、狂暴、具有天生兽性的人非常会捍卫自己，并在自己的作品收益中获得不错的分成。像狄更斯这样精明强干的商人，再有忠实的律师朋友协助，可能会做得更好，而且他的收益有时甚至比出版商更多。

这算是纠正了长久以来的不公。可是请问，夏洛蒂·勃朗特[1]的情况如何呢？想想她那灰暗而憔悴的生活，要我们说啊，勃朗特要是能拿到当时出版社从她作品中获利的三分之一，那么她后来的生活就会变得亮堂多了。我知道这一切。唉！没有人比我更清楚。然而，这种新秩序造成的种种下流和难以言传的粗鄙让我厌恶、让我恶心。它们损毁了我们的文学生活。不难看出，在这样的氛围中，伟大、高尚的书籍是不会再出现了。或许，我们可以寄希望于大众会再次以某种方式被触动，然后产生反感，而这种叫卖式的"文学"新闻市场终有一天会衰败。

狄更斯，啊，他的文学手段也曾被披露过。福斯特[2]不是向所有人清楚地说明了狄更斯的作品是如何完成的，又是如何进行交易的吗？不少人都看到他在书桌前，知道他在那里坐了多久，听说，若没有眼前某些小玩意儿，他就没法继续写下去，而蓝墨水与羽毛笔是他写作中必不可少的东西。所有这些信息可曾影响到任何一个读者的忠诚度？说实在的，狄更斯坐在那儿就他手头的小说写上一章，与取材宽泛的特罗洛普用十五分钟写的那些字，两者之间是有差异的。我们知道，特罗洛普在其回忆录中所用的语气与态度委屈了自己，但从这里也能看出来他的品性与心性都不够高。而狄更斯——尽管他受到时代与阶级的灾难性影响，最后落得为财而亡（不是为

---

1 夏洛蒂·勃朗特（1816—1855），英国作家。代表作有《简·爱》。
2 福斯特（1812—1876），英国传记作家、评论家。

他自己）的结局，但他创作的真诚与热忱是特罗洛普望尘莫及的。当然，狄更斯也是有条不紊的，没有一部长篇虚构作品能在仓促间完成，但我们知道，他没有计算一小时写多少字这种衡量方式。从他书信中看到的他工作的画面，是文学史上最令人振奋和鼓舞的画面之一。在那些懂他的人们所怀有的爱与崇敬中，狄更斯保持着他的地位，这些画面起了莫大的作用，过去如此，未来也将永远如此。

今天，这个温暖、宁静的晚秋日子，我在金色的阳光下走着，心中突然起了一个念头，为此我停下步子，有那么一刻感到迷惑。我对自己说：我的人生结束了。无疑，我应该已经意识到了这个简单的事实，它已经成为我沉思的一部分，常常影响到我的情绪。不过，这件事从来没有明确显形，我没有准备好用语言表达出来。我的人生结束了。我重复着说了一两次，让我的耳朵检验这是不是真的。无论听起来如何奇怪，事实却无可辩驳；无可辩驳，如同我去年生日时的岁数一样。

我的年岁？在人生的这个阶段，许多人都在为新的努力做准备，指望着下一个十年或二十年的追求与成就。我或许也还能再活几年，然而对于我来说，踊跃不再、雄心不再。我已把握住了自己的机会，且我明白自己是如何看待它的。

有那么一瞬，这个想法是非常可怕的。什么！我，昨天还是一个年轻人，筹谋着、希望着、期待着人生，正如期待着一个几乎无尽的志业。我，一个如此有活力、如此睥睨众生的人，已经到了回望人生的时候了吗？这怎么可能？但是，我一事无成，我毫无机会，我只是在做着准备，只不过是一个生活的学徒。我的大脑在开着某种玩笑，我正经受着一时的错觉。我将振作起来并回归常识，回到计划、行动与热烈的享受中。

然而，我的人生结束了。

多么微不足道的事情！我知道哲学家是怎么说的，我重复着他们关于凡人寿命的动听句子，然而这些话，我到现在才相信。这就是一切了吗？人的一生就如此短暂、如此虚妄吗？我徒劳地说服自己，真正意义上的生命现在才开始，处于汗水与忧惧中的日子根本不是人生，现在过上有价值的生活只需凭借我的意志。也许这只是一种安慰，但它并不能掩盖这样一个事实：我再也看不到绽放在我面前的可能性与前途了。我已经"退休"了，对我来说，就像退休的商人一样，人生结束了。我可以回顾完整的人生历程，而那些是多么微不足道！我想大笑，却控制住自己，只是露出微笑。

微笑，没有不屑，也没有太多的自怨自艾，而是充满宽容，这样便是最好的了。毕竟，这件事可怕的一面从来没有真正影响到我，我可以轻易地将它放置一边。人生结束了，又有什么关系呢？总的来说，人生是痛苦的还是欢乐的，即便此刻我也说不清——这本身就让我没法将损失看得太重。有什么关系呢？看不见的命运要我来到这世上，扮演我的小角色，然后再次进入沉默；赞成也罢，反抗也罢，不都是我的命吗？其他人——唉，唉！——命运中那些不能忍受的恶行，可怖的肉体或精神上的痛苦，我都不曾遭受过。对此，

我表示感激。轻松地就完成了大部分的世间之旅，这还不够吗？若我看到自己惊讶于其短暂、其微小的意义，啊，那是我的错呀！过往那些人的声音早已充分警告了我。最好现在便将这真相看清并接受它，而不是在某个虚弱的日子里陷入惊惧，愚蠢地对着命运哭泣。我将感到欢喜而非悲哀，也不会再想着这样的事了。

在黎明时分早早醒来曾是我最害怕的事情。本应使我恢复体力的那个夜晚，并没有带来休憩后应有的平静。醒来，看到苦难至暗的幻影，我常在极度苦痛中躺着，挨过破晓的时辰。不过都过去了。有时候，在自我尚且昏昏然的时刻，心似乎在睡梦的边缘同恶灵争斗着。然后，照在窗上的光，映在墙上的影，重新唤起我快乐的意识，而想到那噩梦我便更快乐了。现在，我躺着思索，最大的烦恼是普普通通的人类生活带给我的惊异。在我看来它是如此不可思议，乃至像挥之不去的幻象一般逼迫着我的心。难道不是吗？人们焦躁、发狂、互相残杀，只为了一点点小事，小到甚至让我这样一个远非圣人或哲人的普通人，在想到这些事的时候都陷入惊讶。我可以想象出一个人，他因为安静地独自生活，终于不再将日常世界视作真实的存在，而是自己在不健全的时刻幻想出的造物。有什么疯人所梦想的事情，比所谓的健全之人每时每刻都想到和做到的事情，更不符合冷静的理性呢？可我尽可能将这样的想法抛至一边，它徒劳地使我不安。然后，我听着房屋周围的声音，这些声音永远是轻柔的、充满慰藉的，引导着人的心思也温和起来。有时我什么也听不到，听不到树叶簌簌的声音，听不到苍蝇的嘤嗡，于是我想着，全然静默是再好不过的了。

今天早上，我被一阵持续不断的声音惊醒。这声音在我耳中，很快变成了浩荡的、鸟鸣般的尖啸声。我就明白了。过去的几天里，我一直见到麇集的燕子，现在它们排列在我家的屋顶上，或许这是它们踏上伟大旅程之前的最后一次聚会。我知道最好不要谈论动物的本能，不要在面对它们近乎理性的本能时，以一种怜悯的方式大惊小怪。我知道，这些鸟儿展示给我们的生活，要比人类大众的生活更合理、更美好。它们彼此交谈，谈话里没有怨恨、没有愚蠢。它们在计划危险而漫长的旅程。如果我们能听懂它们的谈话，不妨将那些现在正计划着去南方过冬的、无数体面人之间的谈话拿来比一比！

昨天我经过一条榆树大道，它通向一座美丽的老屋。榆树之间的路铺满了落叶，像一条淡金色的地毯。继续往前走，我来到一片种植园，那里种的大部分是落叶松。种植园闪耀在浓烈的金色中，斑驳陆离的血红色这里一抹、那里一抹，那是小山毛榉在秋日的辉煌时刻。

我看到一棵桤木，挂满了棕色的花序，厚钝的叶片染上了无数可爱的色彩。在它附近的是一棵七叶树，枝头上挂着寥寥几片深橙色的叶子。我能看到，那些酸橙树已是光秃秃的了。

今夜的风很大，雨水在敲窗。明天，我将在冬日的天空下醒来。

冬日篇

英吉利海峡吹来的狂风伴随着骤雨，还有山间一团团的雾，让我整日待在家中。然而，我不曾有一刻感到枯燥与无聊。此刻，在火炉边上，我感到如此舒适、安宁，让我忍不住一定要在睡前写下点什么。

当然，一个人理当能够昂首挺胸地面对今日这般天气，并在与之抗争中寻到乐趣。对身体安康、心思平静的人来说，没什么是坏天气。每片天空自有它的美，而扰动血液的风暴使它涌动得更有力。我记得自己曾风雨兼程亦不改其乐，如今，我恐怕要为这场体验付出生命的代价了。我要更加赞叹这些美好围墙的庇护，这些匠心之作让我们的门窗足可抵御暴风的侵袭。在整个英国——这个舒适的国度，没有比我安坐的这个房间更舒服的地方了。"舒适"这个词，从本义来讲，指予人心灵的慰藉多过给躯体带来的轻松。在冬日的夜晚，它看起来最亲切，也最像庇护所。

在这里的第一个冬天，我试着用木头烧火，为此，我准备了一个壁炉。可那是一个错误，你没法在一个小房间里成功地燃烧原木；你得时刻关注着才能让火势保持得刚刚好，否则火势太大，房间便热得不行。火是令人愉悦的，它是同伴和灵感。这些散发着红光的美丽焰心，只要我坐下凝视它们，它们就成了一个神奇的世界。如果我的房间是通过一些可恶的现代热水管或者暖气来取暖，那对我来说还能一样吗？让科学尽可能有效又经济地温暖公寓和旅馆里那些被老天遗弃的居民吧！如果非要我选择，我宁愿像意大利人一样坐着，裹着我的斗篷，用手里的火钳轻轻拨弄着火盆里殷红木炭表面的银白色灰烬。他们说，我们燃烧着所有的煤，而且是以极其浪费的方式。我对此感到遗憾，然而，我不能因此而惨淡度过或许是我生命中的最后一个冬天。家里的壁炉可能有浪费的，但恶劣之处不在于此——我们心知肚明。无论如何，造壁炉的炉膛要遵守常识，没有人希望半数以上的煤炭热量全被吹进烟囱里。要坚持用明火，就像你坚持使用英国其他最好的东西一样。因为在自然进程中，它会成为过去（就像其他很多值得你追求的东西一样），这不就是应该尽可能去享受它的理由吗？人类不久就会以药丸的形式获取营养，预见到这样快乐的经济，我便对自己坐下来大块吃肉没有丝毫的自责了。

瞧吧，炉火与罩着的灯相处得多么友好，两者一起照亮又温暖了这房间。当炉火呜咽着发出轻柔的噼啪声，我的灯也因为油流到灯芯而发出嗞啦嗞啦的声音，而这总是给我一种乐趣。和两者的声音混合在一起的还有一种声音，那便是时钟轻轻的嘀嗒声。我无法忍受一种匆促的小玩意，它像发烧时的脉搏一样嘀嗒作响，只适合

在股票经纪人的办公室里用用。我的钟极慢地响动着，仿佛和我一样在细品时间。当钟声敲响，那小小的声音是清婉的，毫无悲哀地告诉我，人生中的又一小时已被计算，又一个无价的小时——

那归于我们而又失却的事物啊。[1]

熄了灯后，每当我走到门口，总是要回头看一看。在最后的一缕光亮中，我的房间是如此舒适诱人，让我恋恋不舍。温暖的光辉映照在闪亮的木头上，映照在我的椅子上、写字台上、书柜上，在一些皇皇巨著烫金的书名上；它照亮了这幅画，又驱散了那幅画上的阴郁。可以想象，这些书待我离去便会彼此交谈，就像在童话里那样。余烬中迸出一条小小的火舌，影子在天花板与墙壁上摇动。我心满意足地呼了一口气，走出去，然后轻轻地关了门。

---

1 原文为拉丁语。

2

下午我回到家中，正值黄昏。散完步有点倦了，又有一点点冷；我先是蜷缩在炉火前，后来就懒洋洋地躺在壁炉前的地毯上了。我手里有一本书，于是就着火光读起来。几分钟后我站起身来，发现翻开的书页在白日微弱的光里依然清晰可辨。这种突然的光线变化让我产生了一种奇异感，真是令人意外，因为我已经忘了天还没有黑下来。而在这样一场奇怪的小经历中，我看出一种富有智识的象征。这是一本诗歌，火光像是将书页展现给了一颗富有想象力的、志趣相投的心灵，而在冰冷、暗淡的窗光下，呈现的则是另一双眼睛所看到的样子——在那双眼睛看来，诗歌不过只有可怜的字面意思，甚至毫无意义。难道不是这样吗？

当一个人有强烈的放纵欲望时，能够毫无顾忌地花一点钱，实在是一件愉快的事情；但能够把钱捐献出去，那就更愉快了！虽然我颇为享受自己舒适美妙的新生活，然而，由此带来的快乐仍然不及帮助他人带来的快乐。困顿的人永远只能为自己而活。空谈行善当然是容易的，实际上，在物质困难的情况下，善行是没余地亦没希望布施的。

今天我给 S 邮寄了一张五十英镑的支票，这如同上天的恩惠，实在是让施惠者与受惠者得了同等的福。可怜巴巴的五十英镑，富裕的傻瓜为了一些无聊或可鄙的幻想，想都不想便花掉了；然而，对于 S，这便意味着生命与光。而于我，这种慈善之力是如此新鲜。我颤抖着在支票上签了字，如此欢喜，如此骄傲。在过去的日子里，我有时也给过钱，却是带着另一种颤抖：很可能在某个暗雾弥漫的清晨，我自己不得不因迫切的需求而去乞讨。这是贫穷的痛苦诅咒之一；贫穷，让你无权慷慨。而我的富足——于我而言的富足，尽管从日常的繁盛来说不值一提——让我可以快快乐乐、自由自在地给予。我觉得自己是人，而非蹲踞着的、随时准备接受环境毒打的奴隶。我知道，有些人常常错误地感谢众神，尤其在钱财方面。然而，如果所求不多而略有富余，那可真好啊！

过去的两三日暖和得反常，令人沮丧，天空低沉，却没有雨。今早醒来，我看到大雾森森，弥漫大地。天还未亮，理应天亮的时辰已经过去很久，除却窗上一丝暗淡悲伤的微光之外，没有任何光亮。现在是正午，朦朦胧胧中我看到苍凉的树影，花园地上传来挥之不去的水滴声，我知道水汽开始凝结，要下雨了。要不是我的炉火，在这样的天气里，我应该会萎靡不振。火焰歌唱着，跃动着，它那美丽的红光映照在窗玻璃上。我无法凝神阅读，如果我安坐不动，神思便忧郁地静伫在某个我亦不知的地方。最好还是让自己像旧日一样机械地写作吧，这可以让我有时间不曾荒废的幻觉。

我想起伦敦的雾，暗黄抑或是纯黑的雾。这样的雾，让我全然无法工作，使我像一只消化不良的猫头鹰，闷闷不乐，百无聊赖地眨着眼。我记得就是在这样的一天，我突然发现煤块与灯油都用完了，又没钱去买，我能做的就是埋头大睡，打算一直睡到可以再次看清天空为止。但是第二天，依然是浓雾弥漫。我在黑暗中起身，站在阁楼窗子前，看到街上照耀如夜，街灯与店面皆清晰可见，人们自顾自做着他们的生意。大雾其实已经升高了，却依旧笼罩着房顶，不泄露一丝天光。我再也忍受不了这孤寂，出了门，在镇上走了几个小时。回来的时候，我带着可以买来温暖和光明的几个硬币。我把自己珍藏的书卖给了一个二手书商，为了口袋里的钱，我更加贫穷了。

多年后，我记起另一个黑色的清晨。像往常这种时候一样，我患了风寒。一夜无眠之后，我陷入了昏睡，有一两个小时毫无知觉。可怕的喊叫声唤醒了我，我在黑暗里坐起来，听到沿街走过的人叫嚷着刚刚一场绞刑的消息。"某某夫人的处决"——女凶手的名字我不记得了。"绞刑架上的场景！"刚过九点，奋发有为的报纸已经迅速推出了绞刑架专版。那样一个隆冬的早晨，在森森的雾霾里，屋顶和路上都覆着被煤灰弄脏的雪。我躺在床上，而那个女人，已被带了出去，吊死了——吊死了。我骇然地想到一种可能，我或许会一病不起，在这荒芜的房子里死去。除去"臭气熏天的瘴气"[1]，我的头顶是一片空无。慑于这恐惧，我起身，振作精神。点起灯，拉下百叶窗，坐在熊熊燃烧的炉火边，我试图让自己相信这是良夜。

---

1 出自莎士比亚戏剧《哈姆雷特》。

薄暮后，我沿路散步，想到伦敦街头，忽然心血来潮，希望自己亲临其境。看到流光溢彩的店面、湿漉漉的人行道上黄澄澄的反光、匆忙的行人、出租车、公共汽车——我希望我正混迹其中。

　　除了希望自己重返青春，这还能意味着什么呢？我经常会突然想起某条伦敦街道，或许还是最乏味、最丑陋的一条，它片刻就会让我生起乡愁。我想到的常常是伊斯灵顿大街，我至少有四分之一个世纪没有见到它了。人们会说，整个伦敦，任何一条大街都比它更能勾起人的想象，但我看到自己就走在这条街上——迈着年轻人的轻快步子——魅力当然就在于此。我看到自己经过一天的工作与孤独之后，从住处出发了。天气如何，我丝毫不在意，刮风、下雨、起雾，又有什么关系呢？我的肺里充盈着新鲜的空气，血液循环加快；我感受到自己的肌肉，脚下踩着硬硬的石头，也让我有一种欢喜。我口袋里或许有钱，我要去剧院，之后我要请自己吃晚饭——香肠、土豆泥，还要有一品脱的起泡啤酒。我兴致勃勃地期待着每一次享受！剧院的门口，我被人群裹挟着来来去去，真好玩。没什么让我

厌倦的。深夜，我会一路走回伊斯灵顿，很可能边走边唱。倒不是因为高兴——不，我一点儿不高兴；只是因为我二十多岁，身强体壮，血气方刚。

在这样一个阴冷潮湿的夜晚，把我放在伦敦的街头，我会陷入沉闷的不适之中。可在从前的那些日子里，如果我没弄错的话，我倒偏爱那些坏天气的时节。事实上，我有着小市民的本性，会在人造的环境中自得其乐，喜欢恶劣的天空下——若在别处，会让人气得发抖——那种生活里的炫目与动荡。每当这时候，剧院便会加倍温暖明亮；每一家铺子都是一个幸福的避风港，在那里，柜台后面站着的人气定神闲，当他们为你服务时会与你聊天；消夜酒馆在煤气灯下展现着万种风情；酒吧里挤满了有钱可花的人，接着便有钢琴声响起——还有什么比这更愉快呢！

我很难相信自己那时真是这么感受的。不过，若非生活让我觉得还算可以忍受，我怎么能够活过那些年呢？人类适应贫穷的能力真是惊人。即使我现在被扔回肮脏的伦敦，别无选择，只能在那里居住、工作，我难道就住不下来、工作不了了吗？尽管想到了药店，但我想，这也不是不可以的。

　　每天的闪光时刻之一，是我傍晚散步回来略觉疲惫之时，将靴子换成拖鞋，将户外大衣换成熟悉又简单的旧外套，然后坐在那张深深的、扶手柔软的椅子上，等着上茶。也许只有在喝茶的时候，我最能享受这种悠闲感。从前，我只能匆匆忙忙地大口饮茶，常常因眼前的工作疲惫不堪。对所饮之茶的香气与口味，我毫无知觉。现在，茶壶到了，我的书房便飘入醇柔而有穿透力的香气，多么令人愉悦呀！头杯茶是多么令人欣慰，之后是多么郑重的啜饮！在冷雨中散步之后，饮茶带来了怎样的温暖啊！喝着茶，我游目于四周的那些书画，品尝着坐拥它们的幸福。我看看我的烟斗，或许我若有所思正是为装上淡巴菰¹做准备。茶本身便已是能激发灵感的温和之物，所以我敢说，再也没有比茶后的淡巴菰之味更让人舒缓，更能让人起人文之思的了。

----

1 即烟草。

英国人在家庭生活方面的天才，在下午茶中表现得最突出。下午茶在英国，几乎可谓一种节日习俗了。在简朴的屋顶下，饮茶时刻自有某种神圣性，因为它标志着家务劳动与担忧之事结束了，悠闲的、社交的夜晚开始了。只是杯盏相碰的叮当声，便能调伏人心至静喜。我不关心那些时髦客厅里的五点钟茶会，它们无聊、令人厌倦，一如其他有物质生活参与其中的事情一样。我说的家庭茶会并非世俗意义上的那种。一方面，让陌生人上你的茶桌是一种冒犯；另一方面，英国人的好客在此又表现出最亲切的一面，再也没有比朋友来喝一杯茶更受欢迎的事了。在这里，茶点确实是一顿餐食，到九点的晚餐之前，什么都没有，它是——再一次从真正意义上来讲——一天中最日常的一餐。

我喜欢看着我的管家托着盘子进来的样子，她带着一种节日的欢乐，而笑容又有一种庄严，仿佛她正在执行一项令她荣耀的工作。她穿着晚间的衣服，也即是说，她已经将干净得体的工作服换成了适合待在炉边的休闲服装。因为一直在做香喷喷的面包，她的脸颊温暖红润。她迅速扫视了一遍我的房间，只是为了享受因确认一切都井然有序而产生的快感。她想象不到在一天的这个时候还会有什么严肃的事情需要处理了。她将小桌子搬到壁炉的光亮处，这样我不用挪动自己的位置就可以自便了。她如果说话，只会说一两句愉快的话；如果她有什么重要的话要说，也只会在下午茶后，而非下午茶前，她本能地知道这一点。我不在时，她可能会弯腰将由她照看炉火时落下的煤渣扫回去。她做得迅捷而悄无声息，然后，依旧微笑着退下。我知道，她将在温暖、舒适、散发着甜蜜气息的厨房里，享受她自己的下午茶和烤面包。

人们听过太多对英国厨房的谴责。我们特有的厨师被说成缺乏想象力的粗人，只会烘烤或者蒸煮。据说除了狼吞虎咽的食肉动物之外，我们的餐桌会让任何人感到厌倦或抗拒。说我们的面包是欧洲最差的，不过是难以消化的面糊；说我们的蔬菜是给饥饿的动物而不是给有品位的人吃的；说这些叫作咖啡与茶的热饮，冲泡得太粗心或太愚笨，以至于在其他国家连众所周知的长处都没有。的确，不乏证据可以解释这样的指责。不可否认，为我们提供仆人的阶层粗鄙又愚蠢，这个阶层的手艺总是带着本地的印记。尽管如此，英国食物在质量方面是世界上最好的，英国的烹饪是所有温带地区中最养人、最可口的。

　　正如我们许多其他的优点一样，我们是在不知不觉中获得它的。普通英国妇女在烹饪的时候，可能别无他想，只是想让食物能嚼得动；但反映在结果上，当事情做得还不错，一个烹调原则就出现了。没有比这更简单的了，但也没有比这更正确、更合理的了。英国烹饪的目标是处理为人类提供营养的原材料，为正常的味觉带来原材料中所有天然的汁水和风味。在这一点上，当厨师有任何天生的或者后天习得的技巧时，多数时候我们都会取得明显的成功。我们的牛肉是名副其实的牛肉，这些最好的牛肉在天下其他任何国家都吃不到。我们的羊肉是最纯正的羊肉——想想英格兰南部无角短毛羊的羊肩肉在刀下开始喷射肉汁的那一刻吧！我们的每一种蔬菜都有独特的甜味。我们从未想过要掩盖食物的天然味道，如果必须这样做，那么就是食物本身有问题了。一些自作聪明的人嘲笑我们是只有一种酱汁的民族。事实上，我们有多少种肉，就有多少种酱汁；烹饪的过程中，每种肉都会产生其自有的汁液，而这是可以想象到的最好酱汁。只有英国人知道何谓"肉汁"，因此，只有英国人有资格谈论酱汁的问题。

可以肯定的是，这一烹饪原则的前提是有最优质的食物原材料。如果你的牛肉、羊肉连味道都浑浊难分，无论哪一种都让人觉得有可能是小牛肉，你的处理手法自然是完全不同的。你的目的只能是掩饰、伪造食物的原味，并添加各种调味品——总之，除了坚持食物的自然品质之外，什么都可以做。幸好英国人从来没有被逼到这个分儿上。无论是猪肉、鸡肉还是鱼肉，端上餐桌的每一样都如此鲜明，不可能与其他的混淆。给普通厨师一点鳕鱼，让她用自己的方式加工一下。这位好厨师会小心翼翼地煮熟它，仅此而已。而她无法用任何技术手段处理这条鱼，来让上天赐予鳕鱼的独特风味更明显、更悦人。想一想我们大块的腿肉，每一种都以自己的方式显得如此出众，与其他任何一种都全然不同。想象一下煮熟的羊腿。

是的，它是羊肉，是最好的羊肉，大自然无法给予人类比这更美味的食物了。同样一块烤出来的羊肉，味道却是多么不同！关键这些差异是自然的，在显示这些差异时，我们遵循的是事物永恒的规律，而不是人类的异想天开。在这里，人工调味不仅不必要，而且还令人讨厌。

对于小牛肉，我们需做"填料处理"。是的，因为小牛肉味道比较淡。我们从经验中发现了最好的法子，可以将它的原味最好地发挥出来。填料并不是一种掩饰，也不必掩饰，它是一种凸显。给好的小牛肉填料——请注意！——本身即是烹调天性的胜利。它是如此淡然无味，却给胃液带来极强的刺激。

我刚才是说小牛肉味淡吗？我必须补充说，这只是与英国的牛肉、羊肉相比而言——每当我想到一块上等小牛肉边缘的"褐色"时！

每当我想对某件英国事物表达赞美，经常就被之后产生的想法所折磨——我赞美的只是过去的时代。现在，英国的肉物便是这样。一家报纸告诉我们，压根没有什么英国牛肉；顶着这个名头的最好的肉，只是在宰杀前放英国喂了一小段时间而已。好吧，好吧，我们只能庆幸它的质量还是挺好的。我想，真正的英国羊肉还是存在的吧。要是其他国家能产出我昨天吃到的羊肩肉，那也太让我惊讶了。

　　谁知道呢？也许就连我们自己的烹饪都已过了全盛时期。一个可悲的事实是，许多英国人从没尝过烤肉，他们所谓的烤肉就是在烤箱里烤出来的。烤箱里烤出的肉完全是另外一个玩意儿，尽管我承认它们也就比真正的烤肉差那么一点。唉，从前，三四十年前的那种牛里脊啊，我依然忘不了！那是英国式的，没错，整个文明史上都找不出能在餐桌上与之匹敌的。将大块的肉放进蒸汽烤箱里，是人神共愤、无法原谅的罪行。我是亲眼看过肉在烤肉钎上转啊转的呀！那散发的香味本身便可以治疗消化不良了。

　　我很久都没有尝过一片煮牛肉了，我怀疑这种东西已经越来越少了。在我这样的家庭里，后腿肉是难以对付的；它太大了，完全超出了我们的需求。但是，我的脑海中保存着多么美好的记忆！后腿肉的颜色多么丰富，变化又多么微妙、多么细腻！它的气味与烤牛肉的气味完全不同，然而，它是无可争议的牛肉。它热腾腾的时候，当然要和胡萝卜一起吃，那就是一顿国王的盛宴；不过，它凉的时候更高贵。哦，那薄薄的宽片，只有边上有一层均匀的脂肪！

我们不大用调料，但用的一定是人类所发明的最好的。我们知道如何使用它们。我曾听到一个急不可耐的创新者嘲笑英国关于芥末的法则，并质问芥末何以必然不能与羊肉一起吃。答案很简单，这条法则是根据无可挑剔的英国口味制定的，我以为这是无懈可击的。有教养的英国人在所有与餐桌相关的事情上，都是永不出错的向导。丁尼生在为自己对煮牛肉与新土豆的喜好辩护时，说："智力超群的人知道吃什么东西好。"我会将这句话推广给我们国家所有开明的本地人。我们只满足于最好的味道、最地道的组合；我们的财富与幸福的自然环境，让我们培养出了配得上我们天资的口味。对了，想想刚才我提到的那种新土豆。我们的厨师在料理它们的时候，会在平底锅里放一枝薄荷——真是天才。没有其他方法可以如此完美又如此微妙地凸显出菜蔬的本味了。我们都知道，这里有薄荷；然而，我们的味觉只知有嫩土豆。

对我来说，素食主义文学有一种奇怪的伤感。我记得那天我在饥饿与贫穷中带着热情读这些期刊与小册子，竭力说服自己肉类是一种完全多余，甚至令人厌恶的食物。如果现在再让我碰到这样的事情，我会对那些人报以半带幽默的同情——他们并非出于自我意愿，而是出于贫穷同意这种饮食的化学作用。我眼前浮现出某些素食餐厅的景象，在那里，我常常花很少的钱，就足以让自己相信已经满足了我那饥渴的胃。在那里，我吞下了"美味的肉片""植物牛排"，以及在似是而非的名字之下，伪装着的空虚不足之物。我记得有一个地方，在那里，花六便士就能够大吃一顿——我简直不敢回忆具体吃的都是什么东西。可我是真真地目睹了那些客人的脸——贫穷的文员和店员，面色苍白的少女和各种各样的妇女，全都努力在一碗兵豆和菜豆汤或者其他什么菜里找到一点滋味。真是一个怪异而令人心碎的场景。

　　什么兵豆菜豆的——这些自命不凡、骗人胃口的东西，这些被制成表格竭力鼓吹的骗人把戏，这些自称是人类食物而着实乏味的东西，听到这些名字我就恨透了！他们说，一盎司的什么豆相当于多少磅来着？——最好的牛肉。去证明或者相信这个的人，脑子里的常识估计也没有多少盎司。在有些国家，这种东西吃不吃可以自己选择；在英国，只有那些没得选的人才会去吃这个。兵豆与菜豆不仅寡淡无味，经常食用还会引起类似恶心的感觉。随你怎么宣扬鼓吹，怎么列表证明，英国人的味觉——最高的裁判——拒绝这种含淀粉的替代品。就像它拒绝不搭配肉的蔬菜，拒绝将燕麦粥与煎饼作为午餐，拒绝用柠檬水、姜汁汽水来替代实打实的啤酒一样。

那些真心以为化学分析可以等同自然风味的人，他们的智商与精神状况是怎样的呢？我从一英寸的剑桥香肠中——对，就是几盎司货真价实的内脏——得到的营养，也比从半英担 [1] 最好的扁豆中得到的营养更多。

---

1 重量单位，按 1 英担为 112 磅，半英担应为 56 磅。

说到蔬菜，地球上有人居住的地方，还能提供什么可以与英国人刚刚蒸好的土豆一较高下的吗？我并非说它总是或经常出现在我们的餐桌上，是因为蒸土豆乃最伟大的烹饪艺术之一；然而，当蒸土豆摆到你面前时，肉体与精神是多么的欢欣鼓舞！在体面家庭中每日端上的煮土豆里，寻到的不只是简单舒适的口味。新土豆也好，老土豆也罢，皆是无可挑剔的美味。试想一下，在一些文明国度里，竟然还有人不了解这种食物——不，那些道听途说的人还带着不屑呢！这样的批评家——尽管他自己可能不信——一辈子没吃过一个土豆。他们吞下的所谓的"土豆"，不过是妙处皆已被劣化、被破坏了的蔬菜。想象一下"面粉球"（老式家庭主妇这样称呼它）躺在盘子里，散发出至柔至微的香味，一碰即碎，一触即化。回想它的风味、它的余味，与或冷或热的大块肉的风味完美融合。之后想想用其他方式烹饪同样的土豆，你会感到多么悲哀！

我经过一家杂货店，看到橱窗里陈列着外国黄油，这让我生气。这种东西会让人对英国的前景感到忧虑。英国黄油的退化，是我国人民道德境况极糟的迹象之一。自然，食物这种东西会马上表露其制作者道德水准的下降。黄油一定得是乳品商真正为之骄傲的东西，否则没希望能做好。开始节省劳力，盯着不正当的利润，对工作感到厌恶或者蔑视——搅乳器的出现表明了每一种这样的恶行。这种情形应该是很普遍了，因为吃到说得过去的英国黄油已经是一件稀罕事了。什么！英国的乳制品依赖于法国、丹麦和美国？但凡我们有一个真正的政治家——一个真正的人民领袖，英国地主及农夫的耳边，都会回响起这些证明他们愚蠢的刺耳声音。

　　没人在乎。除了那些威胁到我们生存的表演与喧嚣之外，谁还在乎其他的呢？英国的食物，不久前还是世界上最好的，现在质量已经下降了，甚至我们的国民烹饪天赋也显出衰退的迹象，对任何了解英国的人来说，这些都是颇为重要的事实。愚蠢的人空谈"我们的岛国美食"，要求按照大陆的模式改革，并且发现有不少跟他们差不多的人愿意听从；结果是，我们的优势很快被遗忘，微末小技大行其道，随之而来的只有与之匹配的那些平庸食物。然而，如果一概如此，那么这里有一个显而易见的事实：英国饮食与英国美德——就这个词最广泛的含义而言——不可分割地联系在了一起。

我们在餐食上的优势不言而喻，我们现在应该做的是回想那些我们过去与生俱来的东西，明白我们出类拔萃的原因，然后着手重建。当然，在这个国家里，那些粗鄙的烹调都出现在伦敦。难道不正是伦敦的疯狂扩张才导致恶疾在各地生迹吗？伦敦与家庭的理想背道而驰，社会改革者甚至都不会朝这边多看一眼，只会将所有的热情投向小城镇和乡村地区。在那里，萎败可能会被遏止，终有一天，一种重建起来的国民生活，会反过来影响到这个腐败中心。我宁愿看见到处都是烹饪学校，而不是那种普通学校，这样的话，事情则大有希望。小女孩们学习烹饪和烘烤，应该要比学习阅读更刻苦才好。可我们要永远铭记伟大的英国原则：只有让食物最大限度地发挥出其天然的、特有的味道，才是正确的烹饪。彻底禁用酱汁——除了用肉汁制成的天然酱汁。甜食亦然。不要忘了在烤馅饼——或者是派，如果你这样叫它们——与煮布丁方面不可逾越的英式理念。它们是最健康的，也是迄今为止发明的最美味的甜点，只要将它们煮好、烤好就行。再说说面包，我们现在习惯于质量差、制作粗糙的面包，但最好的英国面包——就是以前你在每个村子里都能买到的那种——是完美的生活必需品。试想，如果规定任何阶级的女人若不能证明自己有能力制作、烘烤出一块完美的面包，便不能成为人妻，那么在动荡不安的英国，将会掀起怎样一场光荣的变革？

好心的 S 给我写了一封亲切的信。他以为我是孤寂的，为此而不安。我选择住在这样的地方消夏，他是可以理解的，但他认为我肯定最好还是到城里来过冬。我究竟是怎样度过了那些暗暗时日、漫漫长夜的呢？

好心的 S，他的同情令我轻声笑了起来。在幸福的德文郡，沉暗的时日不多，且这样的日子从未给我带来片刻的乏味。北方漫长而荒凉的冬日会考验我的精神，但在这里，秋天之后的这个季节只不过是一个休息的季节，是大自然一年一度的休眠期，而我也跟着一起享受了这予人宁静的休憩时光。在炉火边上，常常只是盹一盹，一个小时也便过去了。我常常放下手头的书，安于沉思。不过在冬日，我多半能得到阳光的庇佑，那柔和的光，是大自然在梦中的微笑。我出门，向远处走去。落叶纷飞时，我注意到了风景的变幻，这令我高兴。我看到夏日里隐匿起来的池沼与溪流。我最爱的那些小路另有了陌生的一面，却让我更添了一份熟识。然后，赤裸的树干展现出了一种罕见的美。若有可能，雪迹或是霜痕以窗花格的形状，对着冷冽的天银光闪闪，那便是一个令人炫目的、看不尽的奇迹。

日复一日，我看着酸橙树上珊瑚色的蓓蕾。当它们开始绽放，我便有一种喜悦，又间杂着某种遗憾。

在我生命的中途——最糟糕的那些年头里，冬日夜里惊醒我的风暴声曾让我害怕。风雨拍打着屋子，我心中满是凄凄的回忆与忧虑。我躺着，想着人与人之间残酷的争斗，常常看不到眼前有更好的命运——不过是被践踏在生活的泥泞中。哀号的风在我听来，恍如世界痛苦的声音，雨声是弱者与受压迫者的哭泣。而如今，我可以躺着，听着夜里的暴风雨，不再有任何难耐之思。最坏的情况也不过是每每想起那些曾爱过却不复相见的人，我便跌入一种悲悯里。对我自己而言，在那彻底的黑暗中我甚至有了安慰，因为我感到了自己四周铜墙的力量，感到了一种将我从卑劣的危险——就是那贯穿我的一生，纠缠着我的危险——之中拯救出来的安稳。"吹吧，吹吧，你这冬日的风！"[1]你吹不走成为我保障的那么一点点钱。任何"屋顶上的雨水"也不能让我的灵魂起疑，因为人生已给了我所要的一切——比我曾希望的还要多得多，而且我心中任何角落都没有潜伏着对死亡懦弱的恐惧。

---

1 出自莎士比亚戏剧《皆大欢喜》。

若是有陌生的异国人要我给他讲讲英国最值得留意的东西，我会先看看他的心智如何。若是常人的水平，我或许要让他惊奇、钦佩，向他指出大伦敦区、黑乡[1]、南兰开夏郡[2]，还有我们文明里的其他特色——尽管竞争激烈，却依然在我们当代保持着创造丑陋的领先地位。不过，若他还算有头脑，我会很乐意带他去中西部的那些古村，村子离火车站有一定距离，表面上依然没有被当下的粗鄙潮流所影响。我会告诉这位旅行者，他在这里看到的是只有英国才能展示的东西。建筑有着简洁之美，与周围的环境相得益彰；一切都齐整而不拘泥于形式；处处洁净，修缮完好。优雅的乡间花园，宁静又安全，让凝视的人脑海中响起乐音。若一个人想要欣赏英国的价值与力量，这些是他必须看、必须感受的。创造出这样家园的民族，最鲜明的特点就是对秩序的热爱，它比所有民族都更懂得"秩序是天堂的第

---

1 位于英格兰中部，曾因为产煤、铁而整日烟尘弥漫，工业污染严重。
2 位于英格兰西北部，以产棉闻名。

一法则"这一真理。有了秩序,自然就有了稳定,而综合这些品质——正如我们在家庭生活中看到的那样——最终产生了那种独特的英国产品。我们给它的命名——尽管只是事物本身一个苍白的影子——已被其他国家所借用,这个名字就是"舒适"。

英国人对"舒适"的需求是他们的最佳特质之一;但英国人在这方面可能会发生变化,变得对追求身心舒适的旧观念漠不关心,这种可能性是我们这个时代的大危机。请注意,"舒适"并不只关涉身体。英国人家里的秩序与美,其价值——不,其存在本身——来自指导其整个人生的精神。且从村庄步入贵族的府邸吧,它们亦是同类中完美的。它们有着岁月的尊严,其墙壁是美的,其周围的花园、公园亦是美的,不可方物,是别处不能看到的。所有这些与英国茅屋有着同样的道德特征,却又有更多的作为与责任。若贵族厌倦了他的府邸,把它租给一些粗鄙的百万富翁,自己去住旅馆和租来的别墅;若佃农憎恶他的村房,住到肖迪奇某个"街区"的六楼;你就可以清楚看到,这两种人都已经失去了古老的英式舒适感,而在失却这个的同时,作为人,作为公民,他们也都遭受了降格。这不是用一种舒适换取另一种舒适的问题。造就一个英国人的本能在这些情况下消亡了。或许它正在从我们中间完全消失,被新的社会与政治条件所扼杀。看看新型村庄,看看城镇里的工人区,看看富人住宅区不断出现的"公寓",人们别无选择,只能这么想了。也许很快就会有那么一天,尽管"舒适"这个词在许多语言中继续使用着,但它所代表的意义将根本无迹可寻。

若这位聪明的异国人身处兰开夏郡的某个制造业村庄，他可能会产生另外一种印象。在这里，他可能会看到某种英国力量，但这种力量几乎没有英国的价值。处处有丑陋刺激着他的眼，在他看来，人们的面孔与声音全然与周围的环境近似。在任何一个文明国家中，几乎找不到比这两个英国村庄与其居民之间反差更大的了。

然而，兰开夏郡是英国的，在磨坊烟囱之间、在丑陋的小街上生活的人们，他们的家庭思想与更善良的南方村民思想有着无可辩驳的相似之处。可要理解"舒适"及其隐含的美德如何能在这样的环境里存在，就必须深入到炉边灶前。门得关上，窗帘得拉上；在这里，"家"没有扩展到门槛之外。毕竟，这一排排肮脏的房子——人所能想到的最丑的房子——比掩映在树木与草地间的美丽村庄更能代表今天的英国。一百多年前，权力从英国南方转移到北方。生活在特伦特河对岸那生龙活虎的种族，在机械时代开启之后才找到机会；其文明延宕已久，很明显与古老的英国不同。在苏塞克斯或萨默塞特，典型的当地人无论怎样乏味、怎样滑稽，都明显从属于

一种古老的事物秩序，代表着一种自古以来的从属地位。相比之下，北方的粗人刚刚从野蛮人的状态中走出来，任何情况下都会表现出不太圆滑的模样。非常不幸的是，他落入了现代世界已知最严酷的统治——科学工业的统治中，而他全部的活力屈服于一个以严厉、丑陋与肮脏为基础的生活体系里。当然，他的种族血统是刻在骨子里的，哪怕是耕夫或者牧羊人，亦与那些在荒野里或者山坡上从事同样工作的人有明显不同。然而，这类人表面上显露出来的明显的蛮横，在其文明进程中得到的是鼓励，而非削弱。因此，除非人们对他有足够的了解和尊重，否则他看起来甚至还带有一个半世纪前其民族半开化的印记。他那极度的羞涩、傲慢的自爱，都是原始状态的特征。自然，因为气候、社会环境与一切生活的优雅不相宜，他从没有像南方人那样住在房子里。 如今，人们只能眼看着他的统治侵占那个古老纯正的英国——那个力量和美德与之如此大相径庭的英国。对考古学家、诗人和画家之外的人来说，这片宽广、美丽的土地上的可爱村庄没什么意义。其实，展示其美丽与和平给那些目光灼灼的异国人是徒劳的，他只会微笑着看一眼刚从路上驶过的牵引车，来表明他思绪的方向。

《荷马史诗》中，没有什么比奥德修斯的床板更让我高兴的了。

我试着将那段描述翻译成英文诗：

在我的院中长着一棵漂亮的橄榄树，

正当年华，枝叶繁密而华贵，

树干高耸，如雕刻的柱子。

围绕这棵树，我造了我的内墙，

大石叠大石，屋顶也落成，

在入口处装上一扇漂亮的门，

加固了铰链，紧紧关上。然后用斧头

砍去橄榄树枝干的叶子，

将树干劈成四四方方的形状，

像工匠一样，打磨、开槽、穿孔，

让这扎根的树木，在它生长的地方

成为我卧榻的一角。继续劳作，

我做出了床架，床架成了，

便在木头上饰以闪闪的

金器、银器和象牙。

最后，在纵梁之间，我扯起

坚韧的、染紫了的牛皮绳。

————《奥德赛》第二十三卷，第 190—201 页

　　有谁曾模仿过这个令人钦佩的先例呢？如果我还年轻，又是土地的所有者，我肯定会这样做。选一棵嘉木，要笔直的，砍掉树冠与枝杈，只留下干净的树干；然后围着它造房子，让扎根的树木顶端高出你卧室地板几英尺。树干不必在房子的下部露出来，不过我倒宁愿它如此。我是树木的崇拜者，树木应该被当作可见的家庭神祇。如何以更崇高的方式表现家的神圣性呢？没有永恒感就没有家，没有家就没有文明——当英国的大部分人都成为居住在公寓的游牧民时，他们就会发现这一点了。在某些理想的共和国中，人们可以想象拥有这种奥德修斯的床不过是一种正常的习俗，每一个户主——乡民也罢，贵族也罢（共和国必须要有贵族，唉！）——都要像他们的父辈一样，躺在树屋里休息。我怎么看这都比偶尔住住

的旅馆卧房更适合当新房。奥德修斯如此建造他的家，是一个人所能做的至虔至诚之事；在所有的时代里，他的形象都必留存着深意。请注意他所选的树，是橄榄树，是和平的象征——女神雅典娜的圣物。当他与智慧女神聚在一起，筹划消灭那些王子的时候，"他们靠着神圣的橄榄树干坐下"。是的，他们谈论的是杀戮，但那是为了惩罚那些破坏家庭生活神圣性的人，是为了在净化后重建家庭的平静与安全。现代生活令人沮丧的一面，是自然象征主义几乎已经消亡。我们没有象征神圣的树。橡树曾在英国人心中占有一席之地，但现在有谁还会敬重它呢？——我们的信任都给予了钢铁之神。圣诞节时人们用冬青与槲寄生来赚钱，可是，除了小贩，谁还会在意得不到绿色树枝呢？其实，遮蔽一切的只有一种象征——那种铸造出来的圆金属。我们可以说，自硬币成为权力象征以来的所有时代里，它回报给大多数拥有者心灵上的满足，在我们这个时代是最贫乏的。

今天一整天都很烦闷，因为想到自己乐意了解的是那么多，希望学习的又是那么少。知识的疆域过于辽阔。我几乎已经抛弃了所有的物理研究，对我而言，它无足轻重，或者说常常只是一种闲趣。这样做似乎是在田地里做了个"大扫除"，其实留下来的还是无穷无尽。光是把我喜欢的课题——那些我一生中多少下过功夫，在我心中以爱好占有一席之地的课题——匆匆浏览一下，就等于展开了令人绝望的智识图景。在一本旧笔记本上，我记下了这样一份清单——"我想知晓，且想深知的事情"，那时我才二十四岁。如今以五十四岁的眼光去看，我一定会发笑。其中有这样一些条目："宗教改革之前的基督教会史""希腊诗歌总集""中世纪浪漫主义""从莱辛到海涅的德国文学""但丁！"。而没有一个是我曾"知晓，且想深知"的，一个都没有。然而，现在我还在买书，这些书带着我进入充满新诱惑的、无止境的道路。埃及跟我有什么干系呢？可是，弗林德斯·皮特里与马斯伯乐[1]让我着迷。我怎么能妄想去搞什么小亚细亚的古代地理学呢？可是我买了拉姆塞[2]教授那本石破天惊的书，还曾带着一种不安的享受读了许多页。之所以不安，是因为我只需思考一下就会发现，所有这种事情只是智力在严肃的努力结束后，所做出的徒劳的努力罢了。

当然，这一切意味着，因为缺乏机会，更可能因为缺乏方法与毅力，我身上的某种可能性被浪费了、失却了。我的人生只是实验性的，是一连串破碎错误的起点与无望的新开始。若我放任自己沉溺在这样的心绪中，我就可以反抗这不给我第二次机会的命运。"哦，丘比特，若能返还我逝去的岁月！"[3]如果我可以重新开始，带着彼处获得的经验！我的意思是说，开启一次新的智慧人生，无他，哦，天哪！没有别的了。即便在贫困中，我也可以做得更好：始终关注一些明确的，并非无法实现的好东西；坚决摒弃不切实际的、造成浪费的东西。

这样做，也许会变成一个长着枭眼的书呆子，对他来说，永远不会有我最后这些年所获得的快乐。谁知道呢？也许我能抵达这使我幸福的心境，唯一的条件正是让我所遗憾的磕绊与舛误。

---

1 两者均为著名的埃及学学者。
2 拉姆塞（1851—1939），苏格兰考古学家，著名的小亚细亚考古发掘者。
3 出自维吉尔的《埃涅阿斯纪》。

我为什么要花许多时间来读史呢？这对我有什么好处？我能对人的本性有什么新的希冀吗？残年无多，我的人生方向还会得到什么新指引吗？可我阅读这些浩繁的书籍，不是为了这样的目标。它们不过是满足了——或者说似乎是满足了——我纯粹的好奇心而已。而且，我还没有合上一卷书，就已把其中的大部分内容忘却了。

　　上苍禁止我记住一切！许多次，我对自己说，我要合上对人类生活的可怕记录，将它放置一边并试着忘掉。有人说，历史即是善战胜恶的表现。毫无疑问，时而获胜的是善，但这样的胜利是如何局促，又是如何短暂啊！若历史著作会发声，它听起来将是长且痛苦的呜咽。好好想想过去，你就会发现，唯有在想象力匮乏的情况下，才能忍受与史共处。历史是一场恐怖的噩梦，我们对历史津津乐道，是因为我们热爱画面，因为人类对自己遭受的一切都颇感兴趣。但是，如果让每个血迹斑斑的页面上的景象在你面前成真——站在贪婪的征服者和野蛮的暴君面前；踩在地牢、审讯室的石板上；感受火刑柱上的火焰；听着不可胜数的大众（那些灾难、压迫与种种强烈不公的受害者）在每一个地方、每一个时代的哭声——那么你读史会产生什么乐趣呢？只有成为魔鬼的人，才能如此理解它且乐在其中。

不公——这是令人厌恶的罪行，诅咒着世界的记忆。奴隶因其主人的肆意妄为注定在折磨中殒命，你会觉得这是一件可怕而无法容忍的事情。可这只是每个文明阶段人们都经历过且忍受过一百万次的一个粗略现象。哦，那些在冤屈中痛苦至死的人最后所想的，无人愿听！那种无辜者在痛苦中向着冷酷无言的上苍发出的呼吁！即使在整个编年史里只有一个这样的例子，它就应使过去陷入令人厌恶的遗忘中。然而，最卑污、最凶残的不公，与过往的一切经纬交织在一起，无法分开。若有人宽慰自己，以为这种暴行将不会再发生，以为人类已经超越了这样丑恶的可能，那只能是他对书本比对人性更熟悉。

更明智的做法是将我的时间花在那些不会带来苦涩回味的书上——花在我挚爱的伟大诗人身上，花在思想家身上，花在那些可以给你舒缓、给你宁静的温和作家身上。许多书从书架上看着我，仿佛在责备我。我再也不会重新把它们捧在手上了吗？然而，这些文字是美好的，我希望能将它们全部珍藏在我的心里。或许我最后要治好的毛病是促使我寻求知识的习性。我不是昨天还准备订购一本大部头的博物书吗？而这书肯定读不完，只会白白浪费掉宝贵的日子。我想，正是我血液中的清教主义，禁止我坦然承认我现在要做的就是享受。这即是智慧。获取知识的时间已经过去了，我还没

有蠢到让自己去新学一种语言，我为什么要将过往无用的知识储藏
在我的记忆里呢？

　　得啦，在死之前，我将再读一次《堂吉诃德》。

有人做了一个演讲，报纸上用几栏的篇幅做了报道。我扫了几眼这些印刷废品，有一个词一再吸引我的目光。那全是关于"科学"的，所以与我无关。

　　我很好奇，是否有不少人与我对"科学"的感受一样？它不只是某种偏见；它往往采用一种令人恐惧，甚至是恐怖的形式出现。即便是那些与我感兴趣的事物相关的科学分支——诸如动植物与星辰，即便这些，我沉思时也免不了不安，免不了心中不满。新的发现、新的理论，无论多么吸引我的心智，都很快让我厌倦，并且多少让我沮丧。谈及其他类型的科学——公然招摇而无处不在的科学、可以让人成为百万富翁的科学——我就怀着一种愤怒的敌意，且在忧虑中充满憎恨。毫无疑问，这是天生的，我无法将它归结到某段人生境遇，或者某个特定的精神成长时刻。我对卡莱尔[1]孩子气的喜欢

---

[1] 卡莱尔（1795—1881），英国历史学家、散文家、哲学家、数学家、译者。他曾宣称"世界史不过是伟人的传记"。

无疑滋长了这种脾性，但卡莱尔之所以让我如此喜爱，难道不是因为我心中已有的东西吗？记得年少时，我看着复杂的机器，有一种畏缩的不安，当然，那时候我还对此不明白；我记得，在参加"考试"的时候，我放弃"科学论文"时带着忐忑的蔑视。现在，我足可以明白这种无形的恐惧了：我反感的根源变得很清楚了。我讨厌"科学"、害怕"科学"，是因为我相信在不久的未来（如果不是永远的话），"科学"将是人类的冷酷敌人。我眼见它破坏了生活中所有的简单与温柔，破坏了世间所有美好之物；我眼见它在文明的面具下复兴野蛮；我眼见它使人心变硬，使心思黯淡；我眼见它给一个时代带来巨大冲突，这个时代将使"旧日的千场战争"黯然失色，且很可能让人类辛苦得来的进步淹没在血流成河的混乱中。

然而，抨击这个就如同与其他自然之力争闹一般，毫无意义。就我自己而言，我可以眼不见为净，厌烦的东西少看便好。可我想到了一些挚爱的友人，他们要在这个艰难而残酷的新时代中活着。去年夏天轰轰烈烈的"钻禧庆典"对我而言是一个悲伤的时刻，它意味着那么多的事情已然结束，成为过往——那么多的美好与高雅，如许的东西在这世间再也看不到了，而向我们涌来的新时代只有危险清晰可见。哦，四十年前那种慷慨的希冀与抱负！那时，科学被认为是救世主，只有少数人能预言它的专横，预见它将复活旧日的邪恶，并践踏其最初的承诺。世事如此，我们必须接受。不过，令我安慰的是，我这个可怜的小小凡人，没有参与将这位暴君送上王位之事。

今晨的圣诞钟声驱我外出。怀着半成熟的意图，沐浴着柔和朦胧的阳光，我走向城中，来到大教堂门前。踟蹰中，听见管风琴的第一声音调，我便走了进去。我相信我已经有三十多年没有在圣诞节这天去英国教堂了。昔日时光、昔日面孔又在我面前浮现，我在久远的岁月深渊里望见自己——面目全非的自己，尽管在今昔之间我也看到相似点。那个在另一个世界里坐着听圣诞福音的人，他要么根本就充耳不闻，只是沉浸在自己的幻象中；要么只是作为一个有异教血统的人在听着。他喜欢管风琴的调子，然而，即便在他稚气的头脑里，也能清晰地辨出音乐及其狭隘的动机。不仅如此，他还能将文字与思想的旋律同它们的教条意义分开，在享受一方的同时完全拒绝另一方。"在地上，平安归于他所喜悦的人"¹，这句话已经成为他的智慧宝藏之一，毫无疑问，只是因为这句话的节奏及音韵。生活于他是一场半明半昧的挣扎，寻求着言辞与思想的和谐。

---

1 出自《圣经·路加福音》第二章第十四节。

而他是在怎样刺耳的喧嚣之中，开始杀出自己的一条路的啊！

今日，我听着，而没有受到任何异端的鼓动。那乐声，无论是管风琴还是言辞，对我来说比以往都更有意义；字面意思也不会让我焦躁不安。我听从了圣诞钟声的召唤，只感到喜悦。我坐在影影绰绰的教堂会众之间，不是在一个大教堂里，而是在距离这里很远的一个小教区教堂里。我走出去，看到柔和而明亮的天空，踩在湿润的土地上，便感到惊讶；我原本期盼看到一片被风吹过的冷灰色天穹，下面是茫茫一片发着微光的、新落的雪。花片刻时间转身与死者共处，是一种虔诚，谁能像那些在快乐中独自度过圣诞节的人一样放纵自己呢？若我能，我现在就不愿成为快乐的一员了。最好听听那久久沉默的声音，对只有自己才能记起的快乐事情露出微笑。尚处于懵懂时，我听到有人在火炉边读《悼念集》中的圣诞诗节。今夜，我取下这一卷书，许久之前的声音再次为我朗读，再没有别的声音能这样，那教我知晓诗歌的声音，只向我述说美好与崇高之物的声音。我会让这样的声音被由活人舌头发出的声音——无论它在其他时候多么受欢迎——压倒吗？小心翼翼地，我忠实地守护着我圣诞节的孤寂。

英国人身上烙着伪善这一恶习，这是真的吗？当然，这种指责可以追溯到圆颅党 ¹ 时期，在那之前，国民性格里完全看不出伪善的痕迹。乔叟时期的英国，莎士比亚时期的英国，定然不是伪善的。清教主义带来的变化在人们的生活中引入了这一新的元素；自此之后，便总是能让观察者或明或暗地看到宗教与道德中口是心非的习惯。保皇党的蔑视是不难理解的，由此创造出一个传说中的克伦威尔 ²。他在卡莱尔出现之前，作为一个伪君子展现在世界面前。随着真正清教主义的衰落，英国出现了以佩克斯列夫 ³ 先生为代表的那种独特的、本土式的虔诚与美德——迥异于达尔杜弗 ⁴ 式，其中的差异或许只有英国人自己才能理解。然而，正是在我们这个时代，这种熟悉的指责持续不断地瞄准我们。它经常挂在解放青年的嘴边，在

---

1 17 世纪中期英国一知名党派，与保皇党相对。

2 克伦威尔（1599—1658），英国政治家，英国共和制的创建者。

3 狄更斯小说《马丁·瞿述伟》中的人物。

4 莫里哀戏剧《伪君子》的主人公，伪善的代表人物。

大陆国家的报馆里，已经成为每日例话了。其中的缘由不难发现。当拿破仑称我们是"店主之国"时，我们还真不是；倒是自那之后，就这个词的严格意义而言，我们反而是了。想想看，一个生意兴隆的商人，在自己的商业手段上并不严谨，不失时机地要求全人类视其为宗教与道德的典范。这就是我们这些事情实际的样子，我们最严厉的审查官看到的英国就是这个样子。那些指责我们"伪善"的人是有理由的。

不过，这个词选得不好，它表明了一种误解。真正的伪君子，其特点是假设一种美德，而这种美德他自己没有，也没能力拥有，且他自己是不信的。伪君子可能会有一套自觉的人生准则，且多半是有的——他其实还是有头脑的，但这绝不是其伪善所针对之人的人生准则。达尔杜弗算是臻至化境了。他在信仰上是一个无神论者、一个感官主义者；凡从相反角度看待生活的，都受他鄙视。可有这样心态的英国人一直是罕见的，假设这样的心态存在于我们典型的牟利者身上——他总把教化的观点挂在嘴边——那就会陷入一种荒诞的判断失误。毫无疑问，犯这种错误的是普通的外国记者——他们对英国文明了解甚少。更开明的批评者，即便用这个词，也是随口一说；若说得更精准些，他们会叫英国人"法利赛人"——这更接近事实。

我们的罪过是自以为是。我们其实是《圣经·旧约》里的子民，基督从不曾进入过我们的灵魂；我们视自己为被选中的人，无论在精神上做出何种努力，也无法达到谦卑的境界。在这一点上不存在任何伪善之处。喧嚣自傲的新贵建起一座教堂，他这样挥洒金钱不只是为了赢得社会的瞩目；在他好奇渺小的灵魂中，他相信（就他所能相信的而言）他所做的是令上帝喜悦的，是对人类有益的。他可能会为了他所拥有的每一磅金币而撒谎、欺骗；他或许以不洁玷污了自己的人生；他可能行了种种残忍、卑贱的事——一旦有机会，为所有这些违背自己良心犯下的事，他都会按照自己的信仰所建议的、公众舆论所认可的方式去赎罪。严格来说，他的宗教是对自我虔诚的一种坚定信仰。作为一个英国人，他把真正的虔诚与真正的道德作为与生俱来的权利。自己错了就是错了，不过，即便在露出最讽刺的一瞥时，也从不否认自己的信条。在公众晚宴以及别的地方，他将自己的声音调整成受教化的语调——这个人不会吐出伪君子式的谎言，他说的每句话都发自内心。他慷慨激昂地说着，不是以个人的身份，而是以英国人的身份；而且，他深信所有听他讲话的人打心底里效忠于同样的信仰。如果你乐意这样理解，他就是一个法利赛人。不过请不要误解，他的法利赛人特征是非个人的——那样他将是另外一种人了。当然，这种人在英国也是存在的，但并不能作为民族的典型。不，对于和他信条不同的本国人来说，他是一个轻度的法利赛人；对于外国人来说，他就是绝对的法利赛人。他站在那里，便代表着一个帝国。

伪善这个词或许最多地被用在我们有关性道德的行为上，且在此，简直是被公然滥用。许多英国人已经抛弃了国家的宗教教条，但很少有人放弃这样的信念，即英国公众支持的道德准则是世界上最好的。任何有兴趣这样做的人只会轻易地证明，英国的社会生活并不比其他国家更纯洁。每隔一段时间，社会上就会有一些特别恶心的大丑闻，给那些嘲讽者提供大量机会。我们大城市的街道每夜展览的都是世界其他地方所看不到的情景。尽管如此，大部分英国人理所当然地以为自己在道德上更加优越，并且不失时机地贬低他国而对自己的优越大肆宣扬。叫他伪君子，只是不了解这个人。就他个人而言，他可能思想粗俗、吊儿郎当，不过这都与伪善没什么关系，他心怀美德。告诉他英国的道德只是口惠而实不至，他肯定会勃然大怒。他自以为是道德的典范，同样地，这是民族性的而非个人性的。

21

　　我用的是现在时，但我说的真的是现在的英国吗？变革的力量在过去三十年间一直发挥着强大作用，要确定它们迄今为止在多大程度上影响了民族性格是很难的，甚至是不可能的。人们明显注意到了传统宗教已然衰落，旧的道德标准是可以自由讨论的，随之而来的是物质主义的勃兴——认同各种无政府趋向。是否要担心自以为的道德会退化成真正伪善里更阴暗的一面呢？对于英国人来说，不再信仰自我——不仅仅是不再信仰他们潜在的善，还有不再信仰他们作为善的典范与代言的卓越地位——等同于有史以来有记载的、最无望的民族腐化。对任何一个在英国出生并长大的人来说，让他怀疑自己在过去曾真的尊崇过一个极高（当然了，肯定不是最高）的道德典范，是不可能的。同样不可能否认的是，我们之中那些当之无愧地被认为是"最好"的人，那些出身或高贵或卑贱、尚未被新精神之恶所影响的男男女女，依然在一种非常真实的意义上，过着"诚实、清醒、虔诚"的生活。人们知道，这样的人从不占多数，但在从前，他们有一种力量，使他们成为英国精神的真正代表。

如果他们自视甚高，哎呀，现实自然会为他们辩解；如果他们有时像法利赛人那样说话，那是脾性不好，不会因此受到严厉谴责。在所有的卑劣中，伪善最让他们深恶痛绝。他们的后人亦然。无人可以断言，在我们之中他们是否依然能够言出如山。一旦他们的力量消散了，那些说英国人伪善的人是否会不再误用这个词，我们很快就知道了。

是时候对清教主义重新思考了。在从意义已失的形式中解放出来的鼎盛时期,回望我们的那段历史,人们很自然地带着只看到极度狂热的眼光。我们赞许"极度狂热"这个生动的短语,它表明了英国人的心灵陷入囹圄,狱门已被锁住。现在,当解放之险变得与限制之艰同样明显时,记住严厉的清教信条的所有好处,记住它是如何激发我们民族的精神活力,如何促进公民自由——我们最高的民族特权的,这对我们将是很好的。一个智识辉煌的时代,总是以往后时代的普遍衰落为代价。想象斯图亚特王朝[1]统治下的英国,除了都铎王朝的新教,没有任何信仰。想象(不要想得更糟)英国文学以考利[2]为代表,而弥尔顿不为人知。清教徒以医生的身份到来了;他在民族活力得到至高展示、倦怠与麻木自然产生之时,带来了他的补药。你会遗憾英国为了自己的宗教转求犹太人的经书。我们这

---

1 斯图亚特王朝,斯图亚特家族在苏格兰(1371 年起)和英格兰(1603—1649,1660—1714)建立的王朝。
2 考利(1618—1667),英国诗人。

个民族对一个狂热的东方神权突然表现出来认同，这也许不难解释，但人们不得不希望其虔诚采取另一种形式；后来，不得不出现了"出杭斯德奇"[1]，其中有多少冲突与苦难！然而，这便是灵魂健康的代价，我们必须接受这个事实，并满足于发现其更好的意义。当然，说到人类，健康总是一个相对的词。从一个可想象的文明角度来看，信仰清教主义的英国病态到可悲；但我们必须一直追问的，不是一个民族可能会有多好，而是会有多坏。所有的神学体系中，最令人信服的是摩尼教，当然，在另一个名义下，摩尼教也被清教徒所尊奉。我们所谓的复辟时期的道德——也即是国王与宫廷的道德——在斯图亚特王朝的统治下很可能成为整个民族的道德，且不受宗教改革的影响。

清教主义的政治作用是不可估量的，当英国再次面对暴政的危险时，人们将会更加深切地记住这一点。我现在想到的是它对社会生活的影响。因为这个，我们拥有了一种性格——在其他国家，它被表达为英式假正经，这种指控意味着，它是对伪善整体指控中的一部分。据我们之间的观察者所说，这种假正经的思维习性正在消亡，这被视为一件令人满意的事情，标志着一种健康的解放。若假正经者指的是暗中恶毒却假装极其礼貌的人，那么就让假正经消失吧，即便以某种无耻为代价。另一方面，若假正经者是一个正派的人，

---

1 杭斯德奇为伦敦东边的犹太人居住区。"出杭斯德奇"的"出"与《圣经》中《出埃及记》的"出"含有类似之意。

对于人性的基本事实，基于习惯或者原则培养出了某种极其精致的思想和言论，那么我会说，这是正确方向中出现的一个最明显的错误，我并不愿看到它的渐隐渐消。总的来说，某些外国人谈到英国人的假正经，想到的是后一种含义——无论如何，正如女人们表现出来的那样；与其说这是对她们贞洁的指控，不如说是对她们愚蠢的指责。一个一本正经的典型英国女人可能像雪一样纯洁无瑕；不过，她也被认为具有雪的其他品质，同时又是一种全然荒谬、令人无法忍受的生物。好吧，这就是区别之处。正如我们的文学充分证明了语言上的严谨并非清教主义的直接结果；这只是将所有清教主义教导的最好东西吸收进民族生活之后，随文化社会而产生的一种改善。我们这些凭借毕生经验了解英国女性的人非常清楚，她们对语言的谨慎选择，往往表示其拥有相应的敏锐头脑。兰道认为，英国人在谈论自己身体时的遮遮掩掩是可笑的；德·昆西因为这句话责备他，说这是他长居意大利导致钝感的明证。不管具体解释是否成立，就这个问题而言，德·昆西完全是对的。凡是让我们想到人身上存在兽性的一切，说得讳莫如深点总是好的。语言的精致本身不能证明一种文明的先进，却定然是文明发展的一个趋向。

整个上午，空中弥漫着某种不祥的宁静。坐在书旁的我似乎感受到了这份寂然。我转眼望向窗外，一片空无，只有辽阔灰暗的天空向周围延展开去，显得冰冷而忧郁。后来，正当我下午起身要去散步时，有一些白白的东西轻轻从我眼前落下。又过了几分钟，一切便掩映在寂然飘落的雪中。

有一种失望随之袭来。昨日，我半信半疑地以为冬天即将结束。山气柔和，缓缓移动的云朵之间闪耀着明净的蔚蓝，似乎春日即将来临；闲坐炉火边，在越来越浓的暮色里，我开始渴慕光明、温暖的日子。我翻飞的思绪，带领我在英国的夏日之梦中走了很远很远……

这是布莱斯河谷。溪水荡漾，在被阳光照得暖暖的褐色河床上闪闪发光；岸边，绿菖蒲摇曳着，沙沙作响；四周的草地上，纯金色的毛茛闪耀着；山楂树篱上开满闪闪发光的花朵，它们在微风中散发着香味；荒野突兀而起，遍地是黄色的金雀花。再往前走，如果走一两个小时，我就能看到萨福克的沙崖，看到北方的海……

我在温斯利代尔[1]谷，从乱石磊磊的河流开始攀登，这条河流从宽广的草原中间奔腾而过，直奔连绵起伏的高沼地。我一直向上爬，直到双脚擦过帚石楠，松鸡在我面前噗噜噜飞过。在夏日灿烂的天空下，高地上的空气仍有一种生机，催人行动、奔跑，让人心潮澎湃。山谷被遮掩起来了，我只看到棕色和紫色的旷野，用宽广的山肩切割了蓝天。西边远处，是一片阴郁的高地……

我漫步穿过格洛斯特郡[2]的一个村庄，在这令人昏昏欲睡的温暖下午，它似乎被抛弃了。灰色石头砌成的房子古老而美丽，述说着一个时代，那时候英国人还知晓如何为穷人或者富人建造房子；花园里鲜花怒放，空中弥漫着甜美的花香。我沿着村子的尽头走上一条小路，路在草坡间蜿蜒而上，直抵草坪、欧洲蕨与华贵的山毛榉林。我来到了科茨沃尔德[3]的一个山口，在我面前是宽阔的伊夫舍姆谷地；那里有成熟的禾谷，有果实累累的果园，被神圣的埃文河浇灌着。再远处，是柔蓝色的马尔文山丘。旁边的树枝上一只小鸟鸣啭有声，在阔叶间独得其乐。一只兔子从蕨叶间跳过。那边山谷的灌木丛中，传来啄木鸟的笑声……

在一个夏日的薄暮中，我走过阿尔斯沃特湖边。天空依然残留着夕阳的余晖，黑色山脊线上阴燃着一抹暗红。在我脚下是长长一汪湖水，幽暗无色的湖岸之间一片铁灰。在这深邃的寂静中，湖水

1 温斯利代尔，位于约克郡，主河谷风景，出产奶酪。
2 格洛斯特郡，位于英格兰西南部，历史悠久。
3 科茨沃尔德，位于英国西南部，盛产羊毛。

远处的马蹄声听起来近得出奇；它只会让人更清楚地意识到自然在其圣所的静谧。我感到一种难以言喻的孤独，然而无关孤寂。我所爱的这片大地的心似乎在我周围的静夜里跳动；在永恒的事物中，我触摸到了熟悉而亲切的大地。我蹑手蹑脚地移动着，仿佛我的脚步声是一种不敬。转了个弯，飘来一股淡淡的香味，是绣线菊的香气。然后，我看到农舍的窗子闪着光——浓黑的大山腰上显现出了一丝光亮，下面，是沉睡的水……

一条小路引我走向蜿蜒的乌斯河。四面八方都是怡人的风景，有耕地与牧场、树篱与丛林，它们一直延伸到天空，仿佛在温柔的山丘上休憩。河流缓慢无声地在长满雏菊的两岸间、在长着灰绿色柳树的河床上流淌。那边是圣尼茨小镇。在全英国，没有比这更简单的乡村风景了；在全世界同类的风景里，没有比这更美的了。肥沃的草场上，牛轻轻地叫着。在这里，人们可以完全放松地去闲逛和做梦，而大朵大朵的白云从天上飘过，映在水中，揽镜自照……

我正走在南部丘陵上。在谷中，骄阳似火；但在此，有微风拂面，令人不胜欢喜。脚踩在短软的草皮上，有一种不知疲倦的轻快感。我觉得可以一直走，一直走，甚至可以走到最远的地平线——白云留下浮影的地方。在我下方——不过是在遥远的地方——是夏日的海，悄然无声，其变幻无常的蓝与绿，在明亮正午的水雾里也变得暗淡了。在内陆，辽阔的丘陵连绵起伏，羊群星星点点；再远处，是苏塞克斯旷野的田地和树林，它们与天空同色，只是更深一点。在附近，一片美丽的林间空地里，藏着一个古老的村庄，棕色的屋

顶上盖着金黄的地衣；我看到低低的教堂塔楼，还有周围小小的墓地。同时，高高的天空中，一只云雀在歌唱。它落下来，落入巢中，我可以幻想它欢快的歌声中有一半是对英国的爱……

天色全然黑了。有一刻钟，我一定是借着映照在我桌上的火光在写，它于我似乎是夏日的太阳。雪依然在下。我看着它在渐渐消失的天空下闪着鬼魅的光。明日，我的花园将积起厚厚的雪，可能好多天都会如此。当它融化时，当它融化时，大地将会留下雪花莲。在使大地温暖的白幔下，番红花亦在等候。

时间就是金钱——这是任何时代、任何人都知道的最庸俗的说法。可把它倒转过来，你就会得到一个宝贵的真理——金钱就是时间。在这个黑魆魆、雾气森森的清晨，当我下楼发现书房里有一团明亮的火焰噼里啪啦地跃动时，我便想到了这一点。假设我穷到无法负担这令人振奋的火焰，这一整天将会多么不同！要使我的头脑保持正常，我必须得到物质上的享受，难道我不是因为缺少了这种享受而失却了生命中许许多多的日子吗？金钱就是时间。用钱，我可以买来时间开心享用，否则，这些时间无论如何都不是我的；不，我会成为它们的奴隶。金钱就是时间，感谢上苍，这样的购买根本花不了多少钱。真用起钱来，拥有太多金钱的人跟钱不够的人一样糟糕。终其一生，我们除了购买或者努力购买时间之外，还做什么呢？而我们中的大多数人，一手抓住了时间，却用另一只手扔掉它。

黑暗的日子就要结束了。很快就又是春日了，我将走进田野里，将近日在我炉火边萦绕不散的灰心与恐惧之思都抖落。于我，以自我为中心是一种美德。从种种角度看，我忙着为满足自我而生活要比我为世界忧心更有意思。世界让我害怕，而一个胆战心惊的人对谁都没好处。我只知道一种可以让我作为一个积极的公民发挥功用的方法——在某个乡镇当校长，教六个可教的孩子为了学习本身而热爱学习。我敢说，我本来是能做到的。然而，我没做到；因为我在现在这个年龄，必须要有一颗不同于少年时的心——没有奢望，不为实现不了的理想所困扰。我像现在这样生活，比工作生涯中的任何时候都更配得上我的国家；我觉得，我比大多数因为一心扑在爱国上而受到赞扬的人都要好。

并不是说我的生活是其他人的榜样。我要说的是，它对我有益，且到目前为止，同样对世界有益。宁静又满足地生活，肯定是良好的公民美德。如果你能做得更多，就去做吧，祝你成功！我知道自己是个例外。有些思想和境遇与我不同的人，总是满怀憧憬、兴致勃勃地履行眼前朴素的职责，当我想象着他们的生活时，这对于我来说倒不失为一剂抑郁之思的良好解药。世界大体是愚蠢与卑贱的，念及此，无论怎样心灰意冷，也要记住有多少明亮的灵魂勇敢地生活着，在凡能看到的地方看到美好，不为预兆所动，全力以赴，做自己该做的事。每片土地上都有不少这样的人，不分种族、信仰，组成一个大型的兄弟会。因为他们确实是名副其实的人类种族，得到了恰当的指派，且他们的信仰只有一个，就是崇拜理性与正义。未来是属于他们还是会说话的类人猿，谁也说不准。不过，他们活着，他们劳作，守护着神圣的希望之火。

在我自己的国家，我敢认为他们比以前少了许多吗？我认识一些，他们让我确信这样的人有很多，到处都有。他们有高贵、无畏、慷慨的心，有清晰的头脑和敏锐的眼光；无论在顺境还是逆境中，都是一样精神焕发。我看到了血统纯正的英国之子，他的活力、他的美德尚未减损。他生来就有正直的本能、对卑下的蔑视；他不能容忍自己的话被质疑，他会双手奉上己之所有，而不会以小市民的吝啬来牟取利益；他只对不必要的话语有所节制。他是忠贞不渝的终生友人；对于那些他爱的人而言，他温柔、甜蜜；在坚忍的外表下，对于他以为神圣的事业，他热情澎湃。他厌恶混乱，厌恶无聊的喧嚣，他不会站在群氓拥挤的地方；他不夸耀已做的，亦不炫耀将做的；当无情的哭声响起，睿智的忠告被压制，他将离去，满足于手头平凡的工作，在他人沉溺于破坏之时，他会修建与巩固。他永远心怀憧憬，他认为，对自己的国家来说，绝望乃一种罪恶。"不，若现在不好，未来也不会好的。"[1] 无论遭遇怎样的厄运与谗言，他都会记得那个在一切威胁下依然勇往直前的古老英国人，若有必要，他也会像古老英国人一样，将站着等待自己的职责与工作。

---

1 原文为拉丁语。

迫切想见到春光的我，最近睡觉都要把窗帘拉开，这样我在醒来时便可以望见天。今天早上，日出前我就醒了。空气寂然，西边的一抹玫瑰红告诉我，东边将有好天气。我看不见一丝云彩，在我面前，一轮散发着微光的弯月朝着地平线落下。

果然是好天气。早饭后，我就无法坐在火炉边了。其实，炉火几乎没有必要。太阳引诱着我出去，整个上午，我一直在湿润的小道上散步，泥土的气息令我心旷神怡。

在回家的路上，我看到第一棵白屈菜。

就这样，又是一年的轮回。太快了，啊，太快了！自上一个春天到现在已整整十二个月了吗？因为我对生活如此心满意足，它就一定要溜走，好像妒忌我的幸福似的。从前，一年在劳累与焦虑中被慢慢拉长了，且总是让等待失望。再往前去，童年的一年似乎是无尽的。正是对生活的熟悉让时间加速。当每一天都迈出未知的一步——就像对孩子来说那样，日子在积累经验中便漫长了。过去的一周，在对所学事物的回顾中已然渺远，而未来的——尤其假如它预示着一些喜悦——遥遥地徘徊着。过了中年，人学得少了，也不大有盼头了。今日与昨日无异，而明日亦然。唯有身心的煎熬方可延宕这浑然不分的时间。享受这一天吧，看哪，它缩作一瞬了。

我希望可以再活许多年，但若知道没有更多的一年在等着我，我亦不会抱怨。如果我在世上不自在，死亦是不易的。若我发现自己徒劳无功地活着，完结可能会是突然的、毫无意义的。现在，我的人生圆满了，它以童年自然而然的幸福开始，以成熟心灵理性的宁静结束。有多少次，经过漫长的劳作，我终于写完了某部作品，放下笔，感激地叹了一口气。作品虽然有很多缺点，但我满怀诚挚、精雕细琢，在时间、地点及自我天性的允许下做了我能做的。但愿在我的最后一刻，我也能够如此。但愿回顾人生时，我能将它看作恰好完成的一个漫长任务——一部传记。它虽然不乏缺点，但我会尽力做到最好，并且，怀着一种满意的念头，能在呼出"完结"这个词后，迎来接下来的安息。

译后记

只是镜中的浮生一瞥：吉辛与莱克罗夫特的人生拼贴

在这里，你看到的将是一个人，

他对着镜子，

画下自画像。

一　吉辛：即便是苦味人生，亦有不可遗忘的

这是一个作家虚构出来的另一个作家的"自传"。

英国作家吉辛，1857 年生于英格兰约克郡的韦克菲尔德。十三岁时父亲故去。他少时聪慧，学习刻苦，学业有成，却在大学时因犯盗窃案被驱逐。随之远走美国，卖文为生，艰难度日。辗转流离后，二十岁重返英格兰。1879 年结婚，妻子多病，他做家教为生。他开始写小说，十一部短篇相继被拒，仍继续写。二十七岁时，终于出版第一本小说。后与妻子分居，每月付一小笔扶养费给妻子，直至妻子五年后病故。他继续写小说，每年都有书出版，经营多年，算

有市场，而又不温不火。如此七年，也有两部作品反响不错。中间他去了一趟意大利。1891年第二次结婚，妻子有暴力倾向，后分居，其间为孩子争吵不休。直至十一年后，妻子被诊断为精神病患者，进入收容所，吉辛始终无法与她正常离婚。四十岁时，他重访意大利，在异国写下研究狄更斯的论著。此后一如既往地写作。又两年，遇到仰慕其作品的法国女译者，共同移居法国。新女友为他带来了灵感。这么多年，生活似乎终于好起来了，他的身体却垮了，变得多病。写作依旧在进行，速度却明显放缓了。他开始专心写散文，以《一个闲散的作者》为题在杂志上连载，从1900年到1901年，整整两年，他全力以赴写一本历史小说，但没写完。1903年，在一次冬日的散步中感染风寒去世，年仅四十六岁。

这是作家吉辛的故事，他一生的简述。

吉辛勉强算是跨世纪的作家，但20世纪他只是蜻蜓点水地路过了一下。他是19世纪的人，创作时间也在19世纪（相对照，我们很难说里尔克是19世纪的人）。当时，他以小说闻名于世，在二十年间写有二十多部小说。19世纪末，他尚在世时，在评论家口中已经与哈代、梅瑞狄斯并驾齐驱，被认为是三位最好的英国小说家之一。

他师从狄更斯，但人们更喜欢将他与海那边的左拉放在一起评论。即便在他的本国寻找，也该是乔治·艾略特与他更像。不过很少有人会想到太宰治——起码二人的处境是有一点像的，他们都是处于世纪转折时期的人，在深渊里孤独挣扎的文人，一生困于钱财与女人，散发着苦味。

他一生专注小说创作，而那些以现实主义笔法着力摹写 19 世纪工人与文人的生活境况与情感的小说，却似乎很快就被遗忘了。这多少是反常的，多少有点像乔治·奥威尔与 H.G. 威尔斯对他的评价——一方面对其称赞有加，另一方面却总带着一些莫名的尖酸与挪揄。真正让他无法被遗忘的，是一部关于狄更斯的评论，以及他去世前写的一部散文作品——《四季随笔》。吉辛虚构了一个落魄的文人莱克罗夫特，在卖文为生、挣扎了大半辈子后，却因为一笔意外的遗产，获得了人生自由；他从滚滚红尘里退却，隐居郊野，每日只是散步、读书、回忆，为友人写或长或短的信。最后，他在晚上将日间的事都一一记下来。

二　莱克罗夫特：即便在欢喜中，亦有敬畏在

莱克罗夫特的故事——当然，我们是从吉辛那里听来的，所以很多时候我就不妨重述一遍——是这样的："他一直以卖文为生。他一直在奋争——当为贫穷以及其他不利于脑力劳动的境况所困时。他尝试过许多文学题材，都没有取得明显的成功。不过，他时不时能挣到所需之外的一点余钱，由此能够到域外去看看。""他做过大量纯粹的苦工；他翻译、撰文、写评论，间或有一卷署名为他的书出现。"然而，"莱克罗夫特依旧劳累，依旧贫穷"。他想，"他也许

会作为一个失败者，结束自己的一生"。幸运的是，有朋友意外为他留下了三百英镑的终身年金。他马上离开了居住已久的伦敦，在埃克塞特的一座小别墅安顿下来，安享田园之乐。

而他过往的故事、人生经历皆是通过回忆完成的，通常都是不愉快的、负面的。结合莱克罗夫特对眼前所见的一些世事的抨击，我们知晓他所讨厌的是城市那些杂乱喧嚣的生活：以进步为名，实则霸道迷信的所谓科学、资本主义、民主——尤其是美国的民主、敷衍潦草的英国旅馆等。此时，他更像是一个保守的 19 世纪的人。对于生活，他是一个典型的伊壁鸠鲁主义者，享受精神与肉体的快乐。在他看来，"处于汗水与忧惧中的日子根本不是人生"。而对于人生，他是完全的斯多葛派，以纯然的理性为准则。这些在他的自况中全表现出来了："他厌恶混乱，厌恶无聊的喧嚣，他不会站在群氓拥挤的地方；他不夸耀已做的，亦不炫耀将做的；当无情的哭声响起，睿智的忠告被压制，他将离去，满足于手头平凡的工作，在他人沉溺于破坏之时，他会修建与巩固。他永远心怀憧憬，他认为，对自己的国家来说，绝望乃一种罪恶。"

在这里，他连写作都可以舍弃了，只有两件要事放不下。第一要事是散步，只是单纯地走，或者辨认草木，"让一朵平平的花平平地现身一片风景中；即便是我们所谓的最庸常的野草，也有人类言辞所不能企及的神奇与美好"，"寻找这样的花朵即是享受被允许进入一片圣境的感觉。即便在我的欢喜中，亦有敬畏在"。他的大部分事情几乎都是在散步中缓缓展开的。

第二件事就是买书，读书，回忆书。我们一路看他谈荷马、维吉尔、贺拉斯、吉本、莎士比亚、狄更斯，对他们的诗文引用或者作详解。他热爱自己的母语，品味英语诗歌的自然主题，在分析了莎士比亚的伟大之后，尊崇他的写作是"至高无上的声音"，乃至感受到"莎士比亚与英国合二为一"。

以上就是我们见到的吉辛描摹的莱克罗夫特肖像。

在这里，你看到的将是一个人，他对着镜子，画下自画像。

三　最闪耀的人生藏在最细节的生活中

最后，想讲一讲书中的动人之处，虽然只是微不足道的，却时时出现、时时闪耀，那就是莱克罗夫特（或者说吉辛）的一些趣味。

莱克罗夫特颇懂得享受生活的滋味。

一些审美的趣味——在春天，"我记起那些喜悦的时刻——认出每一朵盛开的花，惊讶地看到萌芽的枝条一夜之间便着了绿。黑刺李上第一道雪白的微光逃不过我的双眼"；而在冬天，"赤裸的树干展现出了一种罕见的美。若有可能，雪迹或是霜痕以窗花格的形状，对着冷冽的天银光闪闪，那便是一个令人炫目的、看不尽的奇迹"。

一些生活的况味——他生病了，却依然饶有趣味地望天，琢磨云朵："我倒也没有什么痛苦，只是发烧、身子弱，不能用心于事，除了每天稍稍读一两个小时最轻松的书。天气不太好，不利于康复，总是吹着湿湿的风，也没什么太阳。躺在床上，我望望天空，端详云朵，但凡真正的云，而不只是一团灰色废气，便永远自有其美。"

他对岁时日月尤其留意，比如，"这本书我有一阵子没有写了。九月里我感冒了，病了三个星期"。又比如，"这是阳光灿烂的一年。月月都是好天气，我几乎不曾注意到何时七月已过，而眨眼就是八月，再眨眼已是九月。要不是看见小路边漫漫的秋日黄花，我都以为现在还是夏天呢"。他在春末夏初感慨，"当我走向夏日，我喜悦着，而个中有杂忧"。又在秋去冬来时憧憬，"今夜的风很大，雨水在敲窗。明天，我将在冬日的天空下醒来"。

他写万事万物在黎明、在黄昏、在四时的变幻。他写春天的树，"见路上满是山楂的落英。乳白的颜色，即便凋谢，而芬芳犹在。五月的荣光零落一地，它向我述说着春日已过"。而秋天的树在他的笔下是这样的："种植园闪耀在浓烈的金色中，斑驳陆离的血红色这里一抹、那里一抹，那是小山毛榉在秋日的辉煌时刻。"

他写得这么好，是因为写得有画意，有诗意。

他写得有画意，将眼中的景色描摹如真。他如此敏感于颜色："看一片青幼的落叶松林。世间没有什么能比它们此刻披覆的颜色更美了，我的眼睛似乎因此得了清新，得了喜悦，这清新与喜悦又渗入心中。这颜色将迅疾变去，我想，这灿烂明亮的鲜绿已然开始步入夏日的肃穆。"他在冬日里辨认天光："大雾森森，弥漫大地。天还未亮，理应天亮的时辰已经过去很久，除却窗上一丝暗淡悲伤的微光之外，没有任何光亮。"他会留意到黄昏时分雪的微光："雪依然在下。我看着它在渐渐消失的天空下闪着鬼魅的光。"

这要得益于他的视觉素养，年少时他就以素描见长。他是能够将描摹的才华注入文字中的写作者。

他能看到这里面的诗意。他是小说家，也是诗人，读书时候便获得过诗歌奖，其中包括他尊崇的以"莎士比亚"命名的奖项。

而最打动人心的则是他对自己那颗诚挚之心的剖析。他这样说自己，"我总是太过自我沉溺，对周围的一切太过挑剔，总是无来由地过于骄傲。像我这样的人，无论表面看来有多好的陪伴，也只能是孤独终老。对此，我不抱怨；不，整日地躺在孤独与寂静中，我倒觉得就这样便好"，"唯一令我怅然的，是想到自己曾在人世无意义的喧嚣中浪费了长长的一生"。

至此，读者总是能体会到人生的余味。

说起来，《四季随笔》实在是吉辛写作的一个例外。小说创作横贯他的一生，从开始到最后，尤其是 1884 年到 1894 年这十年的创作高峰期，他更是心无旁骛，只扑在小说上。在那之前与之后，他偶尔也写散文、评论或游记，但总的算来都不过两三部。

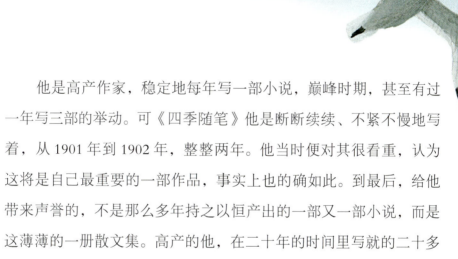

　　他是高产作家，稳定地每年写一部小说，巅峰时期，甚至有过一年写三部的举动。可《四季随笔》他是断断续续、不紧不慢地写着，从 1901 年到 1902 年，整整两年。他当时便对其很看重，认为这将是自己最重要的一部作品，事实上也的确如此。到最后，给他带来声誉的，不是那么多年持之以恒产出的一部又一部小说，而是这薄薄的一册散文集。高产的他，在二十年的时间里写就的二十多部小说，如今大部分都被人遗忘了，倒是生前写得最慢的这部"例外"的散文之作，在读者这里，或者说在文学史上，算是得以留名了。

光哲

2023 年 10 月于南阳

乔治·吉辛
大事年表

1857 年（出生）

11 月 22 日，出生于英国约克郡的韦克菲尔德。其父托马斯·沃勒·吉辛经营着一家药店，还是一名业余的植物学家，与妻子玛格丽特·贝特福德育有五个孩子。吉辛是长子。

乔治·吉辛的出生地英国韦克菲尔德

1863 年（6 岁）

进入韦克菲尔德的一所学校学习。生性聪慧，学习努力，还擅长素描。

1870 年（13 岁）

12 月 28 日，父亲因病骤然离世。与兄弟一起被送往柴郡阿尔德利角的一所学校。

1872 年（15 岁）

在牛津当地升学考试中表现优异，获得欧文斯学院（现曼彻斯特大学前身）的奖学金。

10 月，进入欧文斯学院学习，但依然寄宿在阿尔德利角，每天前往曼彻斯特上学。

在校期间，刻苦钻研，赢得了包括"诗歌奖""莎士比亚奖学金"在内的许多奖项。

乔治·吉辛所读的大学欧文斯学院是曼彻斯特大学的前身

1875 年（18 岁）

搬到了曼彻斯特。结识了玛丽安·海伦·哈里森，两人开始交往。

乔治·吉辛求学的城市曼彻斯特

1876 年（19 岁）

生活窘迫，在压力之下盗取同窗的钱财。学院在查明真相后，将其开除。他不得不终止学业，并被判一个月的监禁服苦役。

9 月，在父亲旧友的支持下，前往美国。在马萨诸塞州的沃尔瑟姆高中担任临时教师，以写作、教书为生。

乔治·吉辛教书的学校美国沃尔瑟姆高中

1877 年（20 岁）

3 月，因经济困难移居芝加哥。开始为报纸写短篇小说，但生计依旧艰难。

9 月，在弟弟阿尔杰农的资助下与玛丽安定居伦敦。以当家庭私教为生，并继续小说创作。

1879 年（22 岁）

10 月 27 日，与玛丽安结婚。妻子体弱多病，频频入院，两人聚少离多。其间，在大英博物馆阅览室研读了大量古典作品。

大英博物馆

1880 年（23 岁）

第一部小说《黎明中的工人》被多个出版商拒稿，无奈从其父亲的姑妈的遗产里拨了一部分钱自费出版。结识了作家弗雷德里克·哈里森，被介绍给一些文学家，并担任家庭教师。此后，生活尚裕如。

弗雷德里克·哈里森

1882 年（25 岁）

第二部小说《格兰迪夫人的敌人》被出版社买下，但从未出版。

1883 年（26 岁）

没有足够的时间和精力照顾病情日益严重的妻子，两人分居，但每月仍支付一笔扶养费给玛丽安，直至五年后玛丽安去世。
开始写作小说《未归类的》。

1884 年（27 岁）

小说《未归类的》出版。写作事业终得好转，迎来创作高产期。

1889 年（32 岁）

去了心仪已久的意大利，完成了古典文化之旅。这段经历为小说《解放者》提供了素材。

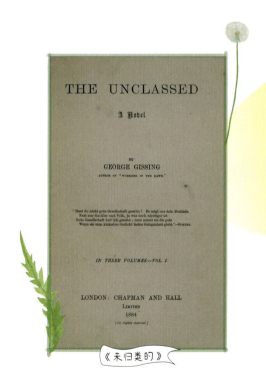

《未归类的》

1891 年（34 岁）

2 月，与工薪阶层出身的伊迪丝·安德伍德结婚，定居埃克塞特。

12 月，长子沃尔特出生。这段婚姻同样不太成功。

小说《新格鲁布街》出版。

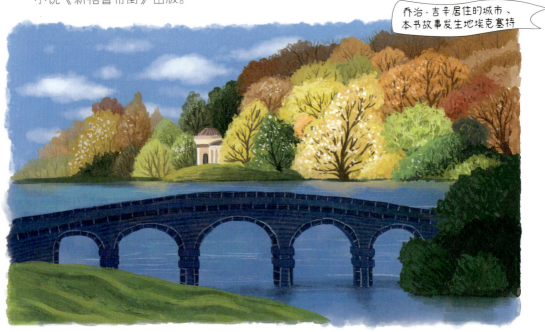

乔治·吉辛居住的城市、本书故事发生地埃克塞特

1892 年（35 岁）

小说《生于流亡》出版。

1896 年（39 岁）

与伊迪丝的第二个孩子阿尔弗雷德出生。

1897 年（40 岁）

重访意大利，在锡耶纳撰写了第一部评论作品《查尔斯·狄更斯的研究》。

这段旅行经历被写入了游记《在爱奥尼亚海边》。

1898 年（41 岁）

遇到获得授权翻译《新格鲁布街》的法国女子加布里埃尔·弗勒里。

1899 年（42 岁）

5 月，与加布里埃尔结为伴侣（与伊迪丝尚未彻底离婚）。两人移居法国生活。

1900 - 1901 年（43 - 44 岁）

开始写作一系列散文，并在报刊《双周评论》上连载，以《一个闲散的作者》为题发表。

被诊断出肺气肿，与加布里埃尔移居西南部小镇阿卡雄。

1903 年（46 岁）

这些散文以《亨利·莱克罗夫特杂记》即《四季随笔》为名出版。

12 月 28 日，在一次散步中感染风寒，溘然离世。

位于英国伦敦切尔西的、纪念乔治·吉辛的蓝色纪念牌

THIS TABLET WAS ERECTED TO COMMEMORATE THE BIRTHPLACE OF GEORGE ROBERT GISSING (1857-1903) NOVELIST AND MAN OF LETTERS.

乔治·吉辛的纪念碑，位于韦克菲尔德的吉辛中心外。此处原为乔治·吉辛的生前居所，现为一所文学博物馆。

译者｜光哲

豆瓣超人气诗人、译者。

2018 年，翻译了美国普利策诗歌奖得主、桂冠诗人马克·斯特兰德的《寂静的深度：霍珀画谈》，该书登上《新京报》2018 年中书赏艺术类榜单。

2019 年，译作《观看王维的十九种方式》由商务印书馆出版，入选豆瓣 2019 年外国文学（非小说类）年度十佳。

2024 年，全新译作《四季随笔》成功入选"作家榜经典名著"。

译作

作家榜的读者朋友们，
你们好！我是来自英国的
插画师Rachel。

Rachel 是一位素食主义插画师，生活在英国西北海岸的湖区，有两只猫，喜欢探索大自然和旅行，她的灵感常常来自四季更迭，或是日常小故事。

她擅长用柔和的粉彩、彩铅和数字插画创作。树枝、猫咪、古老的鹅卵石街道、温暖的商店橱窗都是她笔下的常客。

作家榜 经典名著

★ ★ ★ ★ ★ ★ ★ ★ ★

读 经 典 名 著 ， 认 准 作 家 榜

　　作家榜是中国国民文化品牌，自 2006 年创立至今始终致力于"推广全球经典，促进全民阅读"，连续 13 年发布作家富豪榜系列榜单，成功将不同领域的写作者推向公众视野，引发海内外媒体对华语文学的空前关注。

　　旗下知名图书品牌"作家榜经典名著"，精选经典中的经典，由优秀诗人、作家、学者参与翻译，世界各地艺术家、插画师参与插图创作，策划发行了数百部有口皆碑、畅销全网的中外名著，帮助无数人爱上阅读。如今，"集齐作家榜经典名著"已成为越来越多阅读爱好者的共同心愿。

　　作家榜除了让经典名著图书在新一代读者中流行起来，2023 年还推出了备受青睐的"作家榜文创"系列产品，一举让经典名著 IP 融入人们的日常生活中。作家榜品牌母公司大星文化，总部位于中国上海市。

名著就读作家榜
京东官方旗舰店

名著就读作家榜
天猫官方旗舰店

名著就读作家榜
当当官方旗舰店

名著就读作家榜
拼多多旗舰店

策 划 ｜ 作家榜

出 品 ｜

出 品 人 ｜ 吴怀尧

产品经理 ｜ 吴 鑫

美术编辑 ｜ 陈 芮

内文绘图 ｜ ［英］Rachel Victoria Hillis

封面绘图 ｜ ZHOU

封面设计 ｜ 王贝贝

特约印制 ｜ 吴怀舜

版权所有 ｜ 大星文化

官方电话 ｜ 021−60839180

名著就读作家榜　　　作家榜官方微博　　　下载好芳法课堂
抖音扫码关注我　　　经典好书免费送　　　跟着王芳学知识

图书在版编目（CIP）数据

四季随笔 /（英）乔治·吉辛著；光哲译. -- 成都：
四川人民出版社, 2025. 1. --（作家榜经典名著）.
ISBN 978-7-220-13868-3

Ⅰ. I561.64

中国国家版本馆CIP数据核字第20241VD083号

责任编辑：朱雯馨　　统筹策划：蒋科兰

"作家榜"及其相关品牌标识是大星文化已注册
或注册中的商标。未经许可，不得擅用，侵权必究。

四季随笔

［英］乔治·吉辛 著　光哲 译

全案策划

大星（上海）文化传媒有限公司

出版发行

四川人民出版社（成都三色路238号）

网址：http://www.scpph.com　E-mail：scrmcbs@sina.com

新浪微博：@四川人民出版社　微信公众号：四川人民出版社

发行部业务电话：（028）86361653　86361656　防盗部举报电话：（028）86361653

浙江新华数码印务有限公司 印刷

2025年1月第1版　2025年1月第1次印刷

787毫米×1092毫米　16开本

印数：1—15000　印张：21　字数：228千字

书号：ISBN 978-7-220-13868-3

定价：139.00元

版权所有　侵权必究

（如有印装质量问题影响阅读，请联系021-60839180调换）